養蜂人吻了我

世界情詩選

陳黎
張芬齡

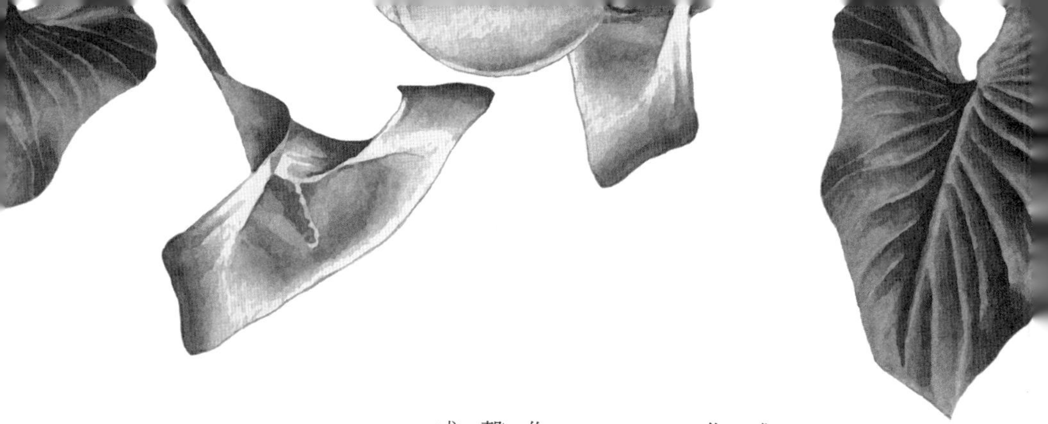

一顆痣因肉體的白
成為一座島：我想念
你衣服裡波光萬頃的海

*

你的聲音封鎖我的
聲音。。。。。。
成為冷靜的蜜……

——陳黎《小宇宙》

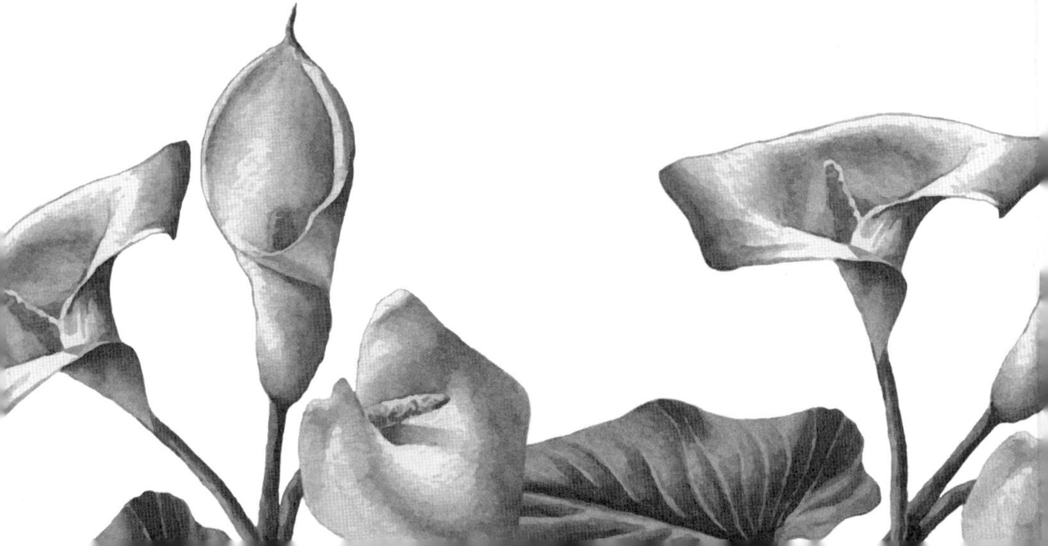

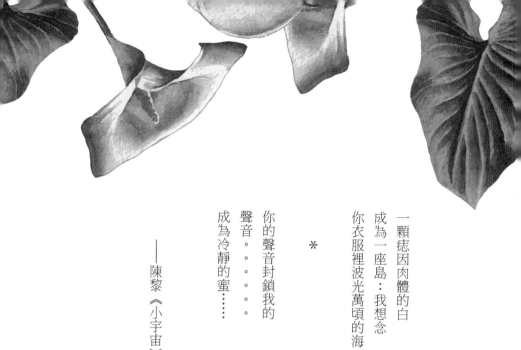

養蜂人吻了我

蜂蜜的味道
讓我知道
是他

無名氏

（約 15-12 世紀 B.C.，埃及）

情歌二首

我的愛是盛開的蓮花
有著石榴般的乳房；
她的臉是光亮的木製陷阱。

而我是可憐的野鳥
被誘入
可口的陷阱中。

●

她親手種植的小無花果樹
開口說話了。
沙沙作響的樹葉聲
比蜂蜜還要甜美。
它優雅的枝椏綠意盎然
何其美麗！
垂掛其上的青澀和成熟的果子，
紅過血紅的玉；
它的葉子青如碧玉。
我心愛的人兒把愛情擱在對岸。
河流伸出手臂阻隔我們，

還有鱷魚潛伏於沙洲。
但我仍躍入洶湧水中，
我渴望的心快速地領我翻越群浪，
我如行走般游過急流。

啊愛人，愛情賜給了我力量和勇氣，
助我躲過河中重重危險。

譯者說

無名氏

這兩首情歌是古埃及人的作品，作者名字不詳。第一首詩，借不同的植物形容愛人的身體是可口的陷阱，自喻落入陷阱的野鳥，比喻生動，色香味俱全。第二首寫愛情的花果的甘美，使人願意不畏艱險勇敢追求。這樣的意象而今看來或許稱不上新穎，但在三千五百多年前，這必定是熾熱大膽的愛情告白。

莎 茀

（約 610-580 B.C.，希臘）

詩三首

月已西沉，
七星亦落；現在是
午夜，時間消逝
而我獨眠。

●

親愛的母親，我無法再織布了，
溫柔的愛神幾乎要把我整死，
讓我愛上那個苗條的男孩。

●

敲擊樂，鹽和蜜，
兩股間一陣戰慄；
他又讓我全身震顫，
無法被推倒的愛神，
他四肢直立逼近，
像頭獸。

譯者說

莎茀

莎茀（Sappho，約 610-580 B.C.），希臘女詩人，生長於希臘小亞細亞海岸邊的蕾絲伯斯島（Lesbos）。婚後育有一女，名克萊絲（Kleis），莎茀曾寫給她多首詩。莎茀周邊據說圍聚著一群來自各地崇拜她的少女，莎茀教她們詩和音樂，身體上也極親近，Lesbian（女同性戀者）這個詞即由此而來。莎茀的詩作大膽強烈，看似簡單，卻充滿官能美及當下的魔力，好似莫札特的詠嘆調。

她是西方古代世界最重要的抒情詩人，希臘、羅馬作家能背她所有詩作者，比比皆是。但她的詩在西元一〇〇〇年左右起，被教會視為異端而遭焚毀，流傳至今的只一些斷章殘篇，只有兩三首基本完整。

此處所譯第一首詩，彷彿中國樂府詩裡的〈子夜歌〉，古往今來被許多西方詩人重譯過，美國詩人羅威爾（Robert Lowell，1917-1977）在其《擬作》（*Imitations*）裡，把此詩當作莎茀給親愛女弟子阿娜克托里雅（Anaktoria）的一封信。第二首在兩千四百年後，就成為哥德《浮士德》裡的〈紡車旁的葛麗卿〉：「我失去了安寧／我的心沉重……」。第三首讓我想到台灣女詩人夏宇的〈姜嫄〉：「……就有一種感覺／想要交配　繁殖……／像一頭獸／用人的方式」。

澤諾多托斯

（約 325-260 B.C.，希臘）

愛神像

是誰雕刻愛情
將他置於
這噴泉旁，
以為
他可以用水
去控制
這樣的烈火？

譯者說

澤諾多托斯

澤諾多托斯（Zenodotos，325-260 B.C.-），希臘詩人、文法學者，著名的亞歷山大圖書館首任館長，負責主持編輯希臘詩人的作品，以出版第一部校勘本的荷馬詩集而知名。

今日我們已習慣見到愛神（羅馬人稱為邱比特）之像被置於噴泉旁。但詩人第一次將愛情的烈火與泉水並舉時，那其實是相當鮮明、聳動的意象。

卡圖盧斯

（84-54 B.C.，羅馬）

讓我們生活，我的蕾絲比亞

讓我們生活，我的蕾絲比亞，讓我們相愛，
那些過分挑剔的老人們的閒話
我們就當它一文不值。
太陽西沉，隨後又升起：
但短暫的光芒一旦消逝，
我們就必須在永恆的夜裡長眠。
給我千吻，再給我百吻，
接著給我另一千，再給我另一百，
不斷地給我千吻，百吻。成千上萬，
直到我們也數不清，這樣，
那些壞人們嫉妒的眼光
就無法加諸我們身上，
不知道我們到底吻了多少。

我的愛人說

我的愛人說，除了我之外
她誰也不嫁，即便天神宙斯追求她。
她如此說道。但一個女人對她急切的戀人說的話
只合寫於風中和急流的水上。

求求你，我可愛的伊蒲希緹拉

求求你，我可愛的伊蒲希緹拉，
我的親親，我的寵物，
命我在午睡時去找你吧。
如果你答應，就別再改變心意，
不要讓別人先把你的門關了。
你也不要出門去。準備好
在家裡，等我來陪你。
大幹九回無中斷。
如果你同意，即刻下命令。
因為我已用完午餐，飽飽地躺著，
內衣外衣都快要撐破。

譯者說

卡圖盧斯

羅馬詩人卡圖盧斯（Catullus，84-54 B.C.），是繼希臘詩人莎茀後又一位抒情詩名家。他出生於今義大利北部的維洛納，家境富有，父親是凱撒的朋友。他愛上了一名已婚的女子（在詩中他稱之為蕾絲比亞［Lesbia］——據莎茀所住的蕾絲伯斯島而來），為她寫了許多情詩。這些詩作坦然率直，質野無飾，流露出透徹的自剖，讀起來像日記或寫給友人的信，雖然我們並不全然清楚其背景。

二十世紀德國作曲家奧爾夫（Carl Orff，1895-1982）曾以這些詩為題材，譜成清唱劇「勝利三部曲」中的第二部，名曰：《卡圖盧斯之歌》（*Catulli Carmina*）——其第一部即著名的《布蘭詩歌》（*Carmina Burana*）。在《卡圖盧斯之歌》中，奧爾夫將卡圖盧斯的詩故事化：卡圖盧斯在發覺蕾絲比亞背叛他後，轉而向伊蒲希緹拉尋求慰藉。

卡圖盧斯的蕾絲比亞是古往今來男性詩人在詩篇中謳歌詠嘆的諸多女性偶像中的第一人，下啟但丁的蓓德麗采，佩脫拉克的勞拉，莎士比亞的「黑情人」，乃至聶魯達的瑪提爾德。

佩特羅尼烏斯

（？-65，羅馬）

行動

行動，是猥褻的喜悅，而且短暫；
之後，我們立刻後悔這戲耍之舉：
讓我們不要盲目衝動行事，
像慾火焚身的禽獸只知行動：
因為慾望會凋萎，熱情會腐壞，
但為了要，為了要使聖日永無止盡，
讓我們緊緊躺在一起，並且親吻，
不必費力，也不必感覺羞恥；
這事讓人歡喜，過去現在將來都如此；
永遠不會腐壞，永遠都才開始。

譯者說

佩特羅尼烏斯

佩特羅尼烏斯（Petronius，？-65），古羅馬作家，歐洲第一部小說《薩蒂利孔》（Satyricon）的作者（此本淫穢的小說曾被二十世紀義大利導演費里尼搬上銀幕，中文譯名《愛情神話》）。佩特羅尼烏斯是荒淫的羅馬皇帝尼祿的密友，負責其酒肉玩樂之事，是個終生追求享樂的浪蕩公子。據說佩特羅尼烏斯後來失寵於尼祿，乃從容割腕自殺，死前做的事是為尼祿的惡行編纂一份清單。

伐致呵利

（約活躍於650，印度）

詩三首

1

艷陽高照少女斜倚
樹蔭底下休憩
她掀起衣裳（她說）
不讓頭部被月光照射

2

他們親吻百次，而後
彼此相擁千次，
停下只為重新來過；
如此這般居然不覺重複。

3

他捧著她的臉，不讓她走：

她想說：「喔不！不要！喔不！不要！」但他吻得她出不了聲

只能叫著「嗯嗯嗯嗯嗯嗯嗯」。

譯者說

伐致呵利

伐致呵利（Bhartrhari，約活躍於650），印度古代梵文詩人，作有三卷以愛情、正義和最後的解脫為題材的短詩。據說他是健日王的哥哥，因發現王后不貞而看破紅塵。但從他的詩作看，並不像是國王。他是一個充滿內心矛盾的詩人，深諳愛情之甜蜜，又對其結果抱持懷疑的眼光。此三首短詩實在婉轉可愛。

大伴坂上郎女

（約 700-750，日本）

短歌四首

不要割
佐保川岸崖上的
密草，
春來時，隱身
繁蔭處幽會。

●

沒有山海
阻隔我們，
為什麼久久久久
才投過來
一眼或一言？

●

就像被漲潮
淹沒的岩岸上的
海藻——
相見不易，
更多愛意！

●

噢，杜鵑鳥啊
不要唱不停！
我獨寐，難寢，
聞你聲
從耳苦到心……

譯者說

大伴坂上郎女

大伴坂上郎女（Otomo no Sakanoue，約 700-750），日本奈良時代（710-794）女歌人。本名不詳，稱坂上郎女是因家住坂上里（今奈良市東郊）。是日本第一部和歌總集《萬葉集》編纂者大伴家持的姑姑，後成為其岳母；大伴家持之父，《萬葉集》著名歌人大伴旅人之異母妹。據推測，坂上郎女曾嫁與穗積皇子，皇子死後，與貴族藤原麻呂交往，後與異母兄宿奈麻呂結婚。《萬葉集》收入坂上郎女和歌八十四首，數量僅次於大伴家持和柿本人麻呂，在女性歌人中列第一。她的詩具有理性的技巧，充滿機智，善用巧喻，充份顯現對文字趣味、對詩藝的掌握，同時也展露出女性細膩的情感，以及對愛的直覺與執著。

短歌（tanka），為由 5-7-5-7-7，三十一音節構成的一種日本詩歌形式（我們的中譯並未反映出），亦稱和歌（waka）。傳統上用以表達溫柔、渴望、憂鬱等題材，每每是男女戀愛傳達情意之媒介。

大伴家持

（約716-785，日本）

短歌五首

仰頭望見一芽
新月，勾引我
思念那曾匆匆
一瞥的
伊人之眉……

●

我把這些珍珠
包起來送給你，
願你用菖蒲草
和橘花，將它們
串連在你胸前……

●

夢裡相逢，
苦矣……
乍然驚醒，
四下抓探——
啊，兩手空空！

●

你以一重腰帶
緊繫我身，
為愛消瘦——
如今腰帶漸寬，
一重成三重！

●

我對你的愛，如
千人方推得動的
石頭——七倍重，
懸吊於我頸上：
這是神的旨意。

譯者說

大伴家持

大伴家持（約716-785），日本奈良時代歌人，一生沉浮官場，歷任中央與地方政府多個官職。父親大伴旅人與姑姑大伴坂上郎女，都是著名歌人，自幼即受薰陶。生母早逝，十歲左右起姑姑坂上郎女即前來照顧他，後與姑姑長女「坂上大嬢」結婚。他是「三十六歌仙」之一，也是日本第一部和歌集《萬葉集》的主要編纂者之一，詩風多樣，幽默、悲憫、深情兼具，剛柔並濟。作品甚豐，《萬葉集》裡收錄其長歌四十六首、短歌四三二首，佔全書逾十分之一。此處所譯第一首短歌〈初月歌〉，作於七三三年，是他十六、七歲時最早詩作之一。最後三首是《萬葉集》卷四裡，他的一組「贈坂上大嬢歌十五首」中的三首。

小野小町

（834-880，日本）

短歌七首

雖然我沿著夢徑
不停地走向你，
但那樣的幽會加起來
還不及清醒世界允許的
匆匆一瞥。

•

秋夜之長
空有其名，
我們只不過
相看一眼，
即已天明。

●

我非海邊漁村
嚮導，何以他們
喧喧嚷嚷
抱怨我不讓他們
一覽我的海岸？

●

答應到訪的人
已然將我忘卻——
此身究曾存在否？
我的心困惑，
迷亂。

●

褪色、變淡而
不被覺察的，
是稱為
「人心之花」的
這世中物。

●

晚秋小雨落，
我身亦垂垂老矣，
你的話如
落葉
也變了色。

此身寂寞
漂浮，
如斷根的蘆草，
倘有河水誘我，
我當前往。

譯者說

小野小町

小野小町（Ono no Komachi，834-880），日本平安時代前期女詩人。「三十六歌仙」之一；《古今和歌集》序文中論及的「六歌仙」中的唯一女性。小町為出羽郡司之女，任職後宮女官，貌美多情（據傳是當世最美女子），擅長描寫愛情，現存詩作幾乎均為戀歌，其中詠夢居多。詩風艷麗纖細，感情熾烈真摯。她是傳奇人物，晚年據說情景悽慘，淪為老醜之乞丐。死後五百年，有四齣能劇以她為女主角。

此處所譯第三首短歌裡，詩人對那些欲一親其芳澤的凡夫俗子們說，她沒有義務讓他們入其私境，窺其心海。而在第四首短歌裡，她卻因為所愛、所盼的人未至，而恍惚地質疑自身是否存在於世。最後一首短歌是小町晚年之作，也是「六歌仙」之一的詩人文屋康秀（？-885）赴任三河掾時，邀其同往鄉縣一視，小町乃作此歌答之。

魯達基

（約 895-940，波斯）

來找我

來找我——
　誰？
她。
　在何時？
天初亮，害怕。
　怕什麼？
氣憤。
　誰氣？
她父親。
　老實說！
我吻了她兩次。
　在哪裡？

在她濕潤的嘴上。

嘴上？

不是。

那麼哪裡？

紅玉髓。

如何？

美妙。

譯者說

魯達基

魯達基（Rudaki，約 859-940），十世紀波斯詩人，是第一個用波斯文寫詩的人，為它制定了格律，且運用於他所寫的各種體裁的詩篇中，被尊為「波斯文學之父」。他是一位盲詩人，年輕時進入王宮，享盡榮華，晚年卻失寵，被逐出宮外，貧窮而死。魯達基一生據說寫了十萬多行詩，但留下來的卻不到一千行。他的詩平易近人，形式完美，形象生動，寓意深刻。

此首〈來找我〉，譯自英國詩人巴汀（Bssil Bunting，1900-1985）之英譯。巴汀是龐德（Ezra Pound）的追隨者，一如龐德譯中國詩，他的英譯顯然也融入了自己的創造。詩中「紅玉髓」殆有性的指涉。

和泉式部

（約 974-1034，日本）

短歌選

獨臥，黑髮
亂如思緒，
我渴望那
最初
梳它的人。

●

被愛所浸，被雨水所浸，
如果有人問你
什麼打濕了
你的袖子，
你要怎麼說？

●

別無二樣，確然——
夏蛾
灼灼的燃燒
以及因愛變形的
此身。

●

何其輕易地
他從我的房子離去，
快步切斷
秋葉鋪成的
織錦。

●

不管今年櫻花
如何怒放，
我將帶著滿懷
梅花香
看它們。

●

我的心思
萬種，
但衣袖
全濕——
一也！

●

想著在夢中
與你相見，
我不斷移動
枕頭，全然
無法入眠……

●

這憂愁之世
誰能慰我？
除了無心，無意，
不在我身邊的
你啊……

●

即便如今我只
見你一回，
我將生生
世世
想你。

●

何者為佳——
愛一個
死去的人，
或者活著時
彼此無法相見？

●

久候的那人如果
真來了，我該怎麼辦？
今晨的花園鋪滿雪，
太美了，
不忍見足印玷污它。

譯者說

和泉式部

和泉式部（Izumi Shikibu，約 974-1034），日本平安時代中期女詩人，是中古三十六歌仙、女房三十六歌仙之一。越前守大江雅致之女，十九歲時嫁給比她年長十七歲的和泉守橘道貞為妻，不久進入宮內，仕於上東門院，與為尊親王、敦道親王兄弟先後相戀，後嫁於丹後守藤原保昌。她為人多情風流，詩作感情濃烈，自由奔放，語言簡潔明晰，富情色亦富哲理，是日本詩史上重要女詩人。她的短歌鮮明動人地表現出對情愛的渴望。她另有著名的《和泉式部日記》，記述其於為尊親王去世後，與敦道親王相戀的愛情故事，當中綴入了短歌。她與《枕草子》作者清少納言，《源氏物語》作者紫式部並稱平安時代「王朝文學三才媛」。

此處譯的第二首短歌係和泉式部答某男子者：該男子與她幽會，在大雨中離去，翌晨寫來一詩，謂遭雨淋濕。最後一首微妙地暴露出情愛之美與自然之美間抉擇的兩難，但其實對敏感多情的女詩人而言，兩者可能是二而為一的。

伊本・哈茲姆

（994-1064，阿拉伯）

當時的兩倍是現在

你問我多大年紀
被太陽染白
齒牙全無。
我多大年紀？

我體內沒有指標
沒有日曆，
只有她的笑容
和她出其不意
在我眉上
輕輕的一吻。

如今
那短暫片刻
便是我的一生
和全部的真實，
那似乎好長
又好短。

譯者說

伊本・哈茲姆

伊本・哈茲姆（Ibn Hazm al-Andalusi，994-1064），古阿拉伯安達魯西亞的文學家、史學家、哲學家，十一世紀西班牙地區阿拉伯文學最顯赫的人物。初以詩聞名，如今以描述騎士愛情的著作《斑鳩之項圈》為世人所知。

奧瑪開儼

(約 1048-1131，波斯)

四行詩二首

一卷詩，一壺酒，一塊麵包，
在樹下——還有你
伴著我在荒野歌唱——
啊，荒野就是天堂！

●

啊愛人，請將那能澆息往昔
悔恨與來日煩憂的酒杯斟滿：
明天！——啊，明天我也許
已跟著昨日的七千年入土。

譯者說

奧瑪開儼

奧瑪開儼（Umar al-Khayyam，1048-1131）生前主要以天文學家和數學家身分知名波斯，死後數百年卻以詩人之名饗世。其關鍵在十九世紀英國詩人費滋傑羅（Edward Fitzgerald，1809-1883）將其一百多首四行詩迻譯成英文——即有名的《奧瑪開儼的魯拜集》（*Rubaiyart of Omar Khayyam*）。

Rubai（「魯拜」）為波斯語「四行詩」之意，Rubaiyart（「魯拜集」）為Rubai的複數。許多人認為奧瑪開儼本是回教「蘇菲派」（Sufi）神秘主義者，而費滋傑羅的英譯，語調憂鬱纖巧，充滿及時行樂的氛圍，與原詩甚有出入，與其說是翻譯，不如說是再創作。此處所譯的兩首四行詩，即從費滋傑羅的英譯再譯成。

艾娃女

（12 世紀，德國）

我是你的

我是你的，
你是我的。
這事心知肚明。
你投宿
我心房，
弄丟了
小鑰匙。
你得永遠
定居那裡。

譯者說

艾娃女

這首詩廣被認為是德國第一位女詩人艾娃女（Frau Ava，12世紀）之作，雖然沒有證據可資證明。這首詩附於一位年輕女子以拉丁文寫成的給一位神職人員的信裡，在巴伐利亞地區一份一一六〇年前後的手稿中出現。詩中女子透過住宿的比喻，巧妙讓心上人長鎖于其心扉之內，由寄宿變成永久居民。

魯米

（1027-1273，波斯）

四行詩三首

愛情沒有穩定的根基。它是浩瀚之洋，無始無終。
試想，一座以古老祕密為騎墊，懸空奔馳的海洋。
所有人都淹溺其中，如今以那兒為居所。
海洋中有一滴希望，其餘都是恐懼。

•

我吞了幾口我愛人的美酒，如今病焉，體熱身痛。
他們請來醫生。他說，喝下這茶！好吧，該喝茶了。
把這些藥吃下！好吧，該吃這些藥了。
醫生說，丟棄他唇間的美酒！好吧，該把醫生丟棄掉了。

●

我在白日讚美你，而不自知。
我在夜間伴隨你，而不自知。
我一直以為我就是我——但錯矣，
我一直是你，而不自知。

魯米

魯米（Jelaluddin Rumi，1207-1273）被認為是波斯最偉大的神秘主義詩人，有人稱他的作品為波斯文寫成的可蘭經。他的詩作數量甚豐，二十五年間創作了逾七萬行的詩，散發著神聖之愛、神秘的熱情以及啟悟的喜悅。主要著作有《沙姆希．塔布里茲詩歌集》（收其抒情詩與四行詩），以及長約二萬七千行的敘事詩《神聖的瑪斯納維》——後者被譽為人類思想和感情的結晶，智慧和學識之道的明燈，詩人在其中以極詩意的語言，運用古可蘭經文、穆罕默德言行錄、各種例證或比喻，闡明神秘主義的基本教義。

魯米的詩十九世紀開始被譯成外文，初罕人知，至二十世紀末居然成為西方「新時代」（New Age）讀者的新寵，以他為跨國界、超宗教的完人，心靈的導師。詩作不僅傳頌於教堂、禮拜所、禪寺，也可在紐約鬧區的音樂、藝術表演場合聽到。

但丁

（1265-1361，義大利）

十四行詩二首

致所有被迷住的靈魂和高貴的心：
我把這些詩句呈現在各位面前，
以我們共同主人「愛情」之名向各位致敬，
望諸君對我的詩能有所感應。

長夜已過了將近三分之一的時光，
群星在天上煌煌地閃亮，
「愛情」突然出現在我的眼前，
他的形貌回想起來仍叫我害怕。

他看起來似乎非常快樂，
手中握著我的一顆熱心，
他的臂彎裡睡著我的人兒，輕裹著被單。

他接著叫醒了她，使她
戰戰兢兢地吃下我燃燒著的心，
之後，我見到他哭泣著離去。

●

當我的淑女和別人打招呼時
她是這麼地高雅與莊重，
每一個人都口張舌顫、靜默無聲，
渴望的眼睛也都不敢朝她望。

她款款移步，聽著別人對她的讚美，
全身散發著溫柔與謙遜；
彷彿是天上的仙子降到人間，
為要把奇蹟顯示給凡俗的我們。

她把喜悅傳遞給每一個凝視她的人，
溶溶的眼波把甜蜜注入每個人的心田，
那滋味，誰若沒嚐過，誰就不能領會。

她的臉上閃現著甜蜜的光影，
那光影充滿無限情愛，彷彿向靈魂下令
說：「啊，驚嘆吧！」

譯者說

但丁

但丁（Dante Alighieri，1265-1361），義大利最偉大的詩人，既是散文家、修辭學家、方言文學理論家，又是哲學家、政治思想家。他的文學產量豐富且具多樣性，高妙的寫作藝術以及關注層面的深度和廣度，使他成為中世紀最重要的文學人物。

但丁雖自幼（十二歲）即與杜納蒂定親，並且在婚後育有至少三名子女，但他一生永恆的戀人——影響他作品最鉅的女人——卻是蓓德麗采（Beatrice）。但丁九歲時在蓓德麗采家所舉行的一次宴會上初遇八歲的她，「那天她穿著紅色的衣裳，合身而動人……從此，愛情竟主宰了我的靈魂」。九年後，他再度遇到蓓德麗采，「她穿著全白的衣裳，走在兩位比她年長的女士之間……她以無可言喻的盛情向我點頭致意，令我覺得似乎蒙受了無邊的神恩」。這份愛情強烈、永恆地攫住了但丁，引燃他深摯的熱情且啟動他信仰的轉變。在蓓德麗采去世（1290年）之前，但丁深為此種暗戀的慾望所苦，經歷種種蛻變的過程之後，他終於將它提昇到純粹仰慕的境界：藉著《新生》一書的創作，他把蓓德麗采轉化成宗教理想的象徵；而在《神曲》裡，蓓德麗采更進一步地被賦予了神性，以救贖者的身份滌除了但丁塵世的罪惡，帶領他同遊天堂。

《新生》一書包括了一系列歌讚蓓德麗采的愛情詩，以及描述愛情的渴慕和苦痛的詩作，其間有散文的解說加以貫串。這兩首十四行詩分別選自《新生》第三章和第二十六章。第一首描述但丁夢中的幻境，「愛情」在詩中被擬人化，吃下了但丁被蓓德麗采所迷而燃燒著的心（吃心的傳說在中世紀文學裡非常普遍）。第二首描述蓓德麗采行走在街上時的丰姿神采。

佩脫拉克

（1304-1374，義大利）

一千次，喔我甜美的鬥士

一千次，喔我甜美的鬥士，
為了要與你的眼睛謀和，
我把心獻給了你，但傲氣
十足的你並不喜歡低下頭看；

而如果有別的女士冀求我的
那顆心，那麼她真是癡心妄想：
因為我鄙視你所厭惡的東西，
我的心已永遠無法像從前一樣。

如果現在我趕走我的心，而它在
悲傷的流亡中無法從你那兒獲得庇護，
也不懂單獨生活或奔向他人的呼喚，

它可能會偏離生命的正途——這樣
對你我都是重大的罪過，你的罪
還要更重些，因為它愛你更深。

多幸福啊，此日，此月，此年

多幸福啊，此日，此月，此年，
此季，此刻，此時，此一瞬間，
此美景，此地：一對美目
和我相遇，將我綑綁。

多幸福啊，與愛合而為一時
初嚐的甜蜜煩躁，
穿刺我的弓與箭，
深達我心的傷口。

多幸福啊，呼喚勞拉之名時
我散布的眾多語詞，
還有嘆息，眼淚和渴望。

多幸福啊，讓她美名遠播的
我所有的詩篇，還有我的心思——
只繫繞著她一人，別無他人他物。

我找不到和平，也無意求戰

我找不到和平，也無意求戰，
又害怕又希望，又火熱又冰透，
我翱翔天際，又倒臥在地，
兩手空空，又擁有全世界。

我身陷囹圄，牢門未開也未關，
不占我為己有，也不為我鬆綁，
愛情既不殺我，也不釋放我，
既不讓我活，也不讓我脫困。

我盲目地看，無舌卻又哭喊，
我渴望毀滅，卻又乞求救援，
我痛恨自己，又深愛另一人。

我以憂傷為食，帶淚而笑，
死與生都同樣讓我不快，
我淪落至此，愛人啊，全因為你。

我在塵世
看到天使之姿

我在塵世看到天使之姿，
以及人間難尋的超凡之美，
那記憶讓我歡喜又心痛，因為
所見一切都如夢，陰影和煙。

我看到那對明眸落淚
千百次讓太陽嫉妒，
也聽到夾帶著嘆息的話語，
足以動群山而止奔流。

愛情，智慧，勇氣，憐憫與哀愁
讓那悲泣聲成為最美的音樂，
世間任何聲音都難與之匹敵。

天國如是專注聆聽此和諧之音
枝上葉子沒有一片在動，
如此多的甜美洋溢於大氣與風中。

譯者說

佩脫拉克

佩脫拉克（Francesco Petrarch，1304-1374）是義大利文藝復興時期的傑出詩人，他的抒情詩集《歌集》共三百六十六首，絕大多數是十四行詩，是獻給他理想的戀人勞拉（Laura）的一部作品。一般說法謂佩脫拉克在一三二七年初遇勞拉，頓生愛慕之情，但她嫁為他人婦，不願做其情婦，於一三四八年去世，佩脫拉克悲痛欲絕，編成此詩集以為紀念碑。但勞拉究竟是誰，或到底有無此人，其實我們並不知道。佩脫拉克一位密友即懷疑勞拉只是一個象徵，是詩人寫詩的藉口。

比諸但丁在《新生》中以哲理或抽象的語言描繪他的戀人，佩脫拉克筆下的勞拉相當具體而生動，可說把但丁的蓓德麗采從天上拉到人間。

此處所譯後面三首十四行詩，曾被作曲家李斯特（Liszt，1811-1886）譜成歌——《佩脫拉克十四行詩三首》，後又將之寫成鋼琴曲，收於鋼琴曲集《巡禮之年》第二集裡。

戴維德·艾浦·格維利姆

（約1320-1380，威爾斯）

陰莖

陰莖啊，你必須交由上帝
永永遠遠仔仔細細地
用眼和手監護，
因為這場訴訟，頭部挺直的棒柱；
陰道的網狀翎管啊，因為
有人抱怨，你的鼻端得戴上勒具，
好遏阻你，使你不致再被起訴，
當心啊，你這讓吟遊詩人束手無策的東西。

我認為你啊，最下流的擀麵棍，
陰囊的觸角，不要起立或四處揮舞；
你是信仰基督的高貴仕女們的天賜之禮，
膝部凹處的胡桃柱，

陷阱的形狀，裹著
剛抽長的羽毛酣睡的雄鵝，
頭部濕潤且箭幹分泌乳汁的頸子，
增長中之嫩芽的尖端，請勿再笨拙地抽搐；
歪扭的鈍器，可恨的棒柱，
女孩均分的兩半間的中流砥柱，
僵硬的海鰻有孔的頭部，
形似新近豎立之榛木竿的鈍籬。
你比大人的大腿骨還長，
長夜遊蕩，夜復一夜鑽營的鑿子；
狀如柱身的螺絲錐，
名為「尾巴」的皮頭皮腦的傢伙。
你是勾起色慾的權杖，

是女孩光溜臀部之蓋的栓子。
你的頭裡有一支笛子，
一支日幹夜幹的口笛。
你的腦部有一隻眼睛，
看每一個女人都一樣漂亮；
圓形的杵，膨脹的槍，
瞄向小屄的灼熱的炮火；
女孩兩腿間的頂樑，
鈍拙的豆莢，它掘挖出一個家庭，
皮質的陷阱，附帶著兩粒睪丸的鼻孔。
你是一褲子的淫蕩，
你的脖子皮革做的，好像鵝的頸骨；
你是全然偽造的自然，好色的卵囊，

引發訴訟與糾紛的門釘。

想想法院的文書和控訴，
低下你的頭，播種繁衍的棒子。
要叫你安分守己難矣，
冷冷的戳刺，真該讓你嚐嚐苦頭！
你的主人迭受指責，
你顯然已腐敗透頂。

譯者說

戴維德．艾浦．格維利姆

戴維德．艾浦．格維利姆（Dafydd Ap Gwilym，約1320-1380），威爾斯文學中最偉大的人物。他不僅是威爾斯傳統詩大師，同時也是形式與內容的創新者。他最大的成就在於用七音節、簡短的詩體「西威德」（cywydd）來表現愛與自然這兩大主題。他的作品面貌多樣，有些是他在愛的探索中所經歷的有趣、粗俗的故事，有些是形式嚴整的輓歌或頌歌，有些是熱情澎湃的情詩，有些是啟迪人心的宗教、抽象思維的詩作。他取材大膽，擅長敘說，洞察人性，並且不時展現幽默，自嘲和悲憫，這是為什麼他六、七百年前寫成的作品，至今仍讓讀者覺得新奇又具現代感。〈陰莖〉一詩即是一例。他讓數十個暗喻一個接一個密集地出現，營造出萬花筒式的效果，將男性為性慾所役的苦惱和無奈生動誠實地表達出來，嚴肅中帶有戲謔，粗俗中不乏真誠，讀來令人莞爾。他的詩對後世的詩人有極大影響，像霍普金斯（Gerard Manley Hopkins）就自承自己對詩的實驗深受戴氏的影響。

哈菲茲

（約？-1390，波斯）

頌歌

昨夜在我半睡半夢之際，
她來到，身子半裸僅著寬鬆衣裳，
酒杯傾斜，詩句在雙唇；
陶醉的眼神閃耀著鬧事的光芒
紅似酒的雙唇充滿尋歡的氣息，
溫潤有如帶露玫瑰，突然她滑進
我的被褥——僅著單薄寬鬆衣裳。

我隱約聽到半裸半睡的她說道，
每個慵懶話語間夾著輕柔的嘆息：
「喔舊日情人，你究竟是睡是醒！」
因她之故我瞬間挺身坐起，

飲下她為我倒出的任何酒——
酒館的劣酒，或者天國葡萄
釀成的佳醪：拒絕如此女子
所倒出的酒，必是莽夫無疑
——是酒和愛情的雙重叛徒。
去吧，正人君子！天上諸神
賜與我們此酒，而未賜給你；
我們順從神諭酩酊大醉，
是的，憑藉上天特頒的恩典
事先即注定狂飲也注定被寬恕。

啊！哈菲茲，你並非唯一
承諾悔改事後卻又反悔之人；

因為洋溢歡笑的酒與美女當前，
誰能信守如此艱難的承諾！
喔糾結的髮絡，花一般充滿香味，
你讓這可憐的懺悔者神魂顛倒！

譯者說

哈菲茲

哈菲茲（Hafiz，約？-1390），波斯最偉大的抒情詩人，出身貧窮。他的作品絕大多數是歌詠愛情和酒的抒情詩，約五百首，善用比喻、換喻、雙關語等修辭手法。他屬於蘇菲教派，但並不承認來世信仰，而是熱情地歌頌、肯定現世生活。他的詩浪漫奔放，於浪漫主義時代傳入歐洲，對歐洲詩人有很大影響。像歌德即仿其風格寫了一卷抒情詩「蘇萊卡之書」。

無名氏歌謠

（15-16世紀，西班牙）

養蜂人

養蜂人吻了我，
蜂蜜的味道讓我知道是他。

吻我，抱我

吻我，抱我，
我的丈夫，
在早上我會給你一件
乾淨的大襯衫。

我從沒見過一個活人
這麼的死氣沉沉，
明明醒著
卻假裝睡著。
登場吧，丈夫，讓你的胳臂
帶點元氣，
在早上我會給你一件
乾淨的大襯衫。

譯者說

無名氏歌謠

此二詩選自一五一一年出版的《歌謠總集》，是西班牙第一本重要的歌謠集。中世紀西班牙歌謠或深情或浪漫，或俏皮或刁鑽，或戲謔或諷刺，可說是西班牙詩歌最美好的成就，屢被古典作曲家們譜成曲，或被當代詩人（如羅爾卡）所模仿。〈養蜂人〉中「我」的愛人是真的養蜂人，或者愛情的甜蜜讓每個戀人都成為擅長釀蜜的養蜂人？〈吻我，抱我〉以素樸直接的語言寫「悍婦」向丈夫求歡，要他不必擔心衣服會弄皺，她保證明晨會讓他穿上「乾淨的大襯衫」體面出門，十分有趣。

無名氏

（16世紀，韓國）

憤怒的新婦

新婚夜，大發脾氣，
新婦扔碎了六個瓦缽。
婆婆問她：你要賠它們嗎？
新婦回答：你兒子把我從家裡
帶來的容器搗得四分五裂，無法修補。
將我的損失與那些瓦缽相衡量，
半斤八兩正好一筆勾消。

譯者說

無名氏

這首詩是十六世紀韓國李朝時期無名氏的作品，非常生動有趣。乍看莫名其妙，細讀讓人會心微笑。詩中的新娘對男女之事彷彿不解（或故作不解），以打破夫家瓦缽洩「破瓜」之「憤」。內容大膽鮮活，卻以迂迴、樸拙的方式呈現出。把女性器官比做「從家裡帶來的容器」，實在是巧妙的暗喻。新婦之憤也可能是新婦之樂。

黃真伊

（？-1530？，韓國）

時調二首

我要把這漫長冬至夜的三更剪下，
輕輕捲起來放在溫香如春風的被下，
等到我愛人回來那夜一寸寸將它攤開。

●

青山裡的碧溪水啊不要誇耀你的輕快，
一旦流到滄海你將永遠無法再回來，
明月滿空山何不留在這兒與我歇息片刻。

譯者說

黃真伊

黃真伊（？-1530？），韓國李朝時期女詩人。別名真娘，京畿道開城人，為進士之女，開城名妓，貌美多才，善詩書音律墨畫，與宋純等當時文人、碩儒以詩酒交流。她的一生頗富傳奇，曾誘惑在天馬山修道成佛的知足禪師，讓他破戒；又誘碩儒徐敬德（1489-1546）不果，與之結為師徒。與徐敬德，朴淵瀑布並稱為「松都三絕」。黃真伊歿年不詳，傳聞她遺言自己死後不入棺，要做螞蟻、烏鴉、鳶的餌。她的墳墓至今仍殘留著，在開城（松都）附近的長湍。她作有大量「時調」（可惜流傳下來的只有六首）與漢詩。作品基本上以描寫愛情為主，擅於借助自然現象，巧妙描繪愛情。藝術手法奇特、含蓄，頗類十七世紀善用巧喻的英國玄學詩派，讀後讓人回味無窮。

時調（sijo），形成於十二世紀末，是韓國最通俗、富彈性，且易於記憶的韓語詩歌形式，每首由三行組成。在第三行通常出現引人注目的句法變化，透過主題逆轉、矛盾、解決、評斷、命令、驚嘆等手法，讓詩轉趨主觀。任何題材幾乎都可入之。李朝時期前半，時調的作者大多是士大夫和歌妓，十八世紀以後則平民亦能作。

十六世紀是韓國文學的黃金時代，亦是時調作者輩出的時期，其中最出色者當屬黃真伊。此處所譯第二首詩，「明月」是黃真伊的妓名，「碧溪水」則指她所喜歡的一位李朝宗室「碧溪守」（韓語「水」與「守」音同）。一語雙關，情景交融，貼切自然，堪稱妙作。

第一首詩中，冬至是一年晝最短夜最長之日，漫漫長夜獨眠難熬，詩人大發奇想，要剪下一段冬夜儲存起來，等待所愛回來，取出延長春宵。

林悌

(1549-1587，韓國)

時調二首

你睡著了，或只是在青草叢生的幽谷休息？
你的紅顏安在，只留白骨於此嗎？
我舉杯，但悲哉，無人替我斟酒。

•

北地天清，所以我未帶雨具上路。
但雪落山上，寒雨遍灑田野。
今日我遇寒雨，今夜我將凍僵在床。

譯者說

林悌

晚於黃真伊的詩人兼小說家林悌（1549-1587）是豪放不羈之士，他的小說多採擬人化的寓言形式，極富藝術性。他喜歡在脂粉堆裡廝混，辭去官職，浪跡名山，以詩酒澆愁。此處第一首時調，是他往平壤任職途中，在松都大路邊黃真伊塚上憑弔，當場寫成者，後來被朝廷責備。林悌應該未及在黃真伊生前目睹她的手采，但南方的士人與北地的歌妓在一杯虛擬的酒裡相逢。

第二首時調名為〈寒雨歌〉，巧妙地把他所愛的歌妓之名「寒雨」鑲在其中。寒雨兩次出現，由實入虛，繼而虛實交加。據說酒席上的美女寒雨，即刻做了一首時調回他：

你怎麼會凍僵在床？怎麼會辛苦難眠？
有我鴛鴦枕，翡翠衾，今夜你不會受凍。
今日你遇寒雨，今夜你將溶化在床。

這樣的機智、妥貼、魅力，不輸林悌，也不輸黃真伊。在韓國時調選集裡，可以讀到好幾個像寒雨這樣不知道生卒年、不知道生平枝節的歌妓們的零星作品：梅花，洪娘，紅妝……她們也許是被埋沒了的黃真伊。

無名氏

（16世紀？，韓國）

時調三首

●

你冷啊，讓我進入你懷裡；沒有枕頭，讓我以你的臂為枕。
我口乾舌燥，讓我舌頭貼著你舌頭入眠，
夜裡當潮水湧進，讓我在你的肚下渡船。

●

照在我愛人東窗的明月啊，
他是獨眠，或者有女在抱？
請明明白白告訴我，這事攸關生死呢。

●

風啊，不要吹；風雨啊，不要來。
道路濕濘，我不專的愛人可能就不來了。
但一旦他來到我家，發它一場連綿九年的大水吧！

譯者說

無名氏

這三首時調是韓國無名氏的作品，創作年代不明。自然，它們的作者並非是姓「無」，名「名氏」的同一位。但一如世界各地許多佚名的詩作，它們鮮活地呈現了人類共同的情感：愛的渴望，猜疑，嫉妒……不因時空、語言的變遷而有所褪色。就此意義而言，無名氏其實是人類共同的名字。

在韓國現存約三千六百首古典時調中，超過百分之四十是無名氏作品。部分原因在於：當書寫形式的韓語未發明前，大多數時調都經由口耳相傳；部分則因時調的創作，往往是內心強烈感受遇瞬間靈感而成，故容易造成作者不明。另外，有許多時調批評政治或社會現實，有許多時調以愛情為題材，內容大膽，唯恐觸犯儒教禁忌，故選擇匿名。

此處譯的第一首詩，既大膽又委婉，最後一行韓語原詩使用了一個雙關語，本作「……讓我划你的船（或肚子）」：「船」與「肚子」在韓語中乃同一個字。

龍薩

（1524-1585，法國）

當你老時

當你老時，在黃昏，點著燭火
坐在火爐旁邊，抽絲紡紗，
吟詠著我的詩篇，讚嘆之餘說道：
「龍薩在我年輕貌美時歌頌過我。」

你的女僕們因勞累而半入夢鄉，
一聽到這個消息，沒有一個
不被我的名字驚醒，欣羨
你芳名有幸，受到不朽的讚美。

那時，我將是地底無骨的幽魂，
在桃金孃樹蔭下靜靜長眠；
你將成為爐邊一名佝僂老婦，

懊悔曾驕傲地蔑視了我的愛。
生活吧，聽信我的話，別待明天：
趁今天就把生命的玫瑰摘下。

情歌

起床，瑪俐，你這懶女孩：
快樂的雲雀已在空中鳴囀，
停棲在山楂樹上的夜鶯
也已甜美地唱著愛的曲調。

趕快起床！讓我們瞧瞧鋪滿
露珠的草地，還有含苞待放
你美麗的薔薇樹，還有昨夜
你纖手親自澆灌的可愛石竹。

昨夜臨睡前，你用眼睛發誓
說今晨你將比我早起：
但天亮前後的睡神，多麼寬待女孩，

讓你的眼睛依然被溫柔的睡意緘住。
好啦，好啦，我來吻醒它們，還有
你的妙乳，吻上百回教你怎麼早起。

〉譯者說〈

龍薩

龍薩（Pierre De Ronsard，1524-1585），被稱作「詩人中的王子」，是十六世紀法國「七星詩社」的領袖，無疑地也是法國文藝復興時代最偉大的詩人。他出身貴族，從小就是宮廷近侍，後與同學共組七星詩社。他從希臘、羅馬、義大利詩歌汲取養分，為法國詩注入新血，卻不失法國氣息。他詩作題材極廣，哲學詩、政治詩、田園詩、戲謔詩、怪異詩……無不為之，但最能展現他精妙詩藝的，還是他的情詩——從早年詩集《情歌集》（*Les Amours*），到中晚年的名作《給海倫的十四行詩》（*Sonnets pour Hélène*）。此處譯的〈當你老時〉即出自後書。此詩甚具魅力，曾引起諸多仿作，最有名的當屬葉慈以 "When you are old and gray and full of sleep" 開始的一篇。

莎士比亞

（1564-1616，英國）

十四行詩二首

129

色慾的滿足就是把精力浪費於可恥的
放縱裡；在未滿足之前，色慾乃
狡詐的，充滿殺機的，嗜血，罪惡，
野蠻，極端，粗暴，殘忍，不可信賴；
剛剛享受過，立刻就覺得可鄙；
不顧理性地獵取；一旦得到，卻是
不顧理性地憎恨，像入肚釣餌，故意
為引發上鉤者瘋狂而佈置——
瘋狂於追求，也瘋狂於佔有；
佔有後，佔有中，佔有前，皆極端；
行動時是天大幸福；行動完，傷憂。
事前，歡樂懸腦中；事後，夢一般。

這一切世人皆知；但無人知道怎樣
避開這個把人類引向地獄的天堂。

130

我情人的眼睛一點也不像太陽；
珊瑚都比她的嘴唇要紅得多：
如果雪是白的，她的乳房就是黑的；
如果髮如絲，她頭上長的是黑鐵絲：
我見過紅白相間的玫瑰，又紅又白，
但在她的雙頰我看不到這樣的玫瑰；
有些香水散發的香味，要比

我的情人吐出的氣息叫人沉醉：
我愛聽她說話，但是我很清楚
音樂的悅耳遠勝過她的聲音；
我承認我沒見過女神走路——
我的情人走路時腳踏在地上。
　但是天啊，我覺得我的愛人之美
不下於任何被亂比一通的女性。

噢我的情人，你要遊蕩去哪裡？

噢我的情人，你要遊蕩去哪裡？
噢，停下聽聽，你的真愛來了哩，
　他會唱高尚也會唱俚俗的歌謠。
可愛的甜心，不要再往前走；
戀人們相會即是旅程的盡頭，
　每個聰明人的兒子都明瞭。

什麼是愛？愛不在將來；
當下玩樂就是當下暢快；
　未來之事沒有人能確定。
想要豐收，就不能耽擱；
雙十美姑娘，快來吻我，
　青春這東西不能永恆。

譯者說

莎士比亞

莎士比亞（William Shakespeare，1564-1616）英國最著名的詩人、劇作家。著有三十七部劇本，和一百五十四首十四行詩。此處所譯第一首詩是其第一二九首十四行詩，在短短「4行＋4行＋4行＋2行」的篇幅中，把「性愛」如此龐大之題材，維妙維肖，深刻生動，淋漓盡致地表現出。凡為人者，讀後皆驚心，動心，會心，小心。難怪十九世紀英國批評家瓦茨鄧頓（Thedore Watts-Dunton）稱它是「世界最偉大的」一首詩。

第二首詩是莎翁對其「黑情人」（the Dark Lady）的歌讚，一掃古典詩「明眸皓齒金髮紅唇」之類對戀人陳腔濫調的比喻，令人耳目一新，實在是很現代、很顛覆的妙作。既然顛覆，譯詩時就不跟著押韻了。

第三首〈噢我的愛人，你要遊蕩去哪裡？〉是情歌，出自莎士比亞戲劇《第十二夜》的第二幕第三景。是當時流行的歌謠，在伊麗莎白時代許多歌本裡都可以找到，但專家仍推定是莎士比亞之作，似是莎士比亞採舊歌改寫而成。此曲流傳至今，作曲者是有名的摩利（Thomas Morley，1557-1602），可以在許多CD上聽到。現將原詞附於下：

O mistress mine, where are you roaming?
O, stay and hear; your true love»s coming,
  That can sing both high and low.
Trip no further, pretty sweeting;
Journeys end in lovers meeting,
  Every wise man's son doth know.

What is love? 'tis not hereafter;
Present mirth hath present laughter;
  What's to come is still unsure:
In delay there lies no plenty;
Then come kiss me, sweet and twenty,
  Youth's a stuff will not endure.g

鄧恩

(1572-1631，英國)

葬禮

前來為我著壽衣的人啊，請勿碰傷
　也不要追問
那套在我手臂上的細緻髮環；
這個謎團，這個符碼，你切勿碰觸，
　因為那是我的外在靈魂。
是升天而去的靈魂留下的總督，
　留下來代行視事，
使這些肢體，她的領地，不致分崩離析。
因為倘若從我的腦部出發，通達
　各部位的經脈
能繫住那些部位並且使我合而為一，
那麼這些向上生長的毛髮，從更好的

頭腦獲得力量和技藝，
當能做得更好；除非她有意要我
藉此體驗我的痛苦
猶如被處死刑隨後被套上手銬的囚犯。

無論她所指為何，都請將之與我同葬，
因為我既然是
愛的殉道者，這些遺物若落入他人之手，
也許會引發偶像崇拜；
這稱得上是謙遜，
承認毛髮具有靈魂的功能，
這同樣也算壯舉：
你既毫無救我之意，我遂將部分的你埋葬。

致將就寢的情人

來，女士，來，我威猛難息勃物，
不讓我幹活，我會痛苦如產婦。
對頭每每發現對頭近在眼前，
未曾搏鬥卻因久挺累不堪言。
拿掉腰帶，它雖如銀河熠熠，
但腰帶下包藏更美的天地。
解開你那綴飾晶亮的胸兜，
讓好事蠢蛋們目光停駐上頭。
寬衣解帶吧，你身上的樂音
告知我時間已到，理當就寢。
褪去那令我生羨的幸福胸衣，
它如此貼身，卻鎮定如一。
你睡袍滑落，曼妙體態盡現，

彷如山丘陰影溜出繁花草原。
取下那金線銀絲頭冠，展現
生長於你頭上的髮絲冠冕；
你且將鞋脫下，然後安心登上
這愛情聖殿，這柔軟的眠床。
從前天使也身著如是白袍
由凡人恭迎；你這天使一到，
帶來伊斯蘭極樂天堂；縱使
邪靈著白衣出沒，我們可藉此
輕易區分天使與惡靈的差異，
後者讓毛髮，前者讓肉體挺立。
恩准我雙手漫遊，容它們遊走
前面，後面，中間，上頭，下頭。

噢，我的美洲！我的新大陸，
我的王國，由一男鎮守最穩固，
我的寶石礦，我的帝國領地，
此番發掘你，是何等的福氣！
身陷此種束縛反而自由無比；
我在手到之處蓋上我的印璽。
一絲不掛！一切歡愛本屬於你。
就像靈魂離體，身體必須無衣，
方能盡嚐歡愉。女人所戴珠寶
如阿塔蘭塔金蘋果，往男人視界拋，
當哪個蠢蛋視線恰落珠寶之珍，
其俗靈垂涎女人之物，而非女人。
所有打扮美美的女人，對門外漢，

只像是圖畫，或書籍華麗的封面；
女人實乃祕典，唯獨我輩
（有幸得其恩寵，享此尊貴）
務要一窺其妙。我既有幸得識，
你且有如面對產婆大方展示
自己：對，全拋了，連同這白罩衫，
一點都用不著為失貞悔懺。
我以身作則，率先裸露自己；
除了男人，你何需他物遮體？

譯者說

鄧恩

鄧恩（John Donne，1572-1631）英國玄學派詩人。年輕狂放的他寫過淫穢、玩世不恭的詩，但出身羅馬天主教家庭的他也寫充滿宗教狂熱的詩。跳脫陳腐與空洞，另闢蹊徑。不安與思辯活力、戲謔和嚴肅、激情與理性辯證交融，是其詩作的特色，因此讀鄧恩的詩，對讀者的想像力和知性是一大挑戰，也是一項有趣的體驗。

鄧恩的詩和前輩詩人以及同代許多詩人有著極大的差距。伊莉莎白時期的詩作華麗且富裝飾性，各意象間有著明顯的呼應，但是鄧恩的詩作則建立在「巧喻」（conceit）之上。他的意象大膽而不落俗套，充滿了戲劇張力與知性深度；他擅長將原本不搭調或不相干的事物並列，使其產生某種可喜又奇異的對應關係，〈告別詩：不准哀傷〉一詩即是著名的例子，詩中他用了四組意象寫夫妻的至情至愛：一、死亡——人死後，肉體會輕呼靈魂離去，此種靈肉合一的境界正是夫妻一體的寫照。二、以「地震」比喻俗人的愛情，喧嘩而激盪；以「天體的震盪」比喻夫妻之情，雖然變動游移的幅度很大，但無害於地球，而世人也無從感知。三、以「金箔」比喻夫妻分離如同鎚打金箔，雖向外延展，但並未分離中斷，是情感的擴張，而非中止。四、以「圓規」比喻夫妻關係。中心柱是妻子，而畫圓的腳則是丈夫：畫圓時，規腳傾斜，好比丈夫外出遊歷，妻子俯身盼望；規腳聚合，則好比丈夫歸返，妻子不再倚門等候；中心柱若穩固，則圓可畫得完美無瑕。

而在〈葬禮〉這首詩裡，我們也看到了戲謔、諷刺兼而有之的巧喻。詩人以死者的口吻敘述，等於將失戀和死亡畫上了等號，自稱「愛的殉道者」，「被處死刑隨後被套上手銬的囚犯」。然而失戀者對逝去的愛情仍念念不忘，他留著情人贈與的一束髮，將之喻為「外在的靈魂」，「是升天而去的靈魂留下的總督，／留下來代行視事」。然而失戀的他仍心有不甘地發下豪語：要將此髮圈一同埋葬，因為那表示埋葬部分的她。此種荒謬念頭實乃阿Q精神勝利法之遠親。

〈致將就寢的情人〉是鄧恩《哀歌集》（*The Elegies*）二十首中的第十九首。在拉丁詩歌中，哀歌（或譯為悲歌、輓歌）的題材不一定是悼亡或傷逝的哀嘆，也可能是以哀歌雙行體格律寫成的充滿機智、幽默、嘲諷的漫談或思辨之作。因為詩型特殊，早期五步格雙行體（pentameter couplets）的英詩，會因其或多或少觸及嚴肅性的題材而被歸類為哀歌。鄧恩所寫的哀歌題材與風格極為多樣，有戲劇性的速寫或獨白，韻文體的短篇故事，諷刺文，戲謔文，警語文，情詩。此處所譯〈致將就寢的情人〉長達四十八行，採「英雄雙行體」（heroic couplets），每兩行一韻，每行十個音節（抑揚五步格），格律嚴整，但語調和內容充滿情慾色彩。詩中的說話者極盡魅惑挑逗之能事，企圖引誘情人同床共寢。他使用了諸多意象說服情人脫掉腰帶、胸兜、頭冠、鞋子、睡袍，因為如此更能展現另一番迷人風情；他盼她快快寬衣解帶，一絲不掛，玉體橫陳，因為只有他最懂得欣賞女人之美。他將女人的身體比喻成美洲，新大陸，寶石礦和帝國，對眼前的女體，他擁有向未知領域探險尋寶的豪情，以及固守疆土的雄心壯志，他要在他撫摸過的每個部位宣示主權：「我在手到之處蓋上我的印璽」。其目的昭然若揭，語氣大膽而露骨，二十一世紀的讀者讀來仍覺臉紅心跳。鄧恩擅長結合看似全然不相關、甚至彼此衝突的元素，創造出全新的趣味。因此，在他虔敬的宗教詩裡，我們讀到情色的意象；在他這首情慾橫流的詩裡，我們讀到神學、宗教的典故：身著白袍的情人是天使，帶來了穆罕默德樂土一般的天堂；惡靈會讓人讓毛髮豎立，天使則讓肉體挺立；就像靈魂離體，身體也應該無衣，方能盡情享受歡愉。在這首詩裡，詩人運用巧喻，將世俗的情慾提升到神聖的境界，將上床做愛和殖民探險的壯舉相提並論，讓此詩成為色而不淫、風流而不下流、情趣飽滿的情詩名作。

葛維鐸

(1580-1645，西班牙)

超越死亡的永恆之愛

將白日從我身上奪走的
最後的陰影會讓我瞑目，
並且，諂媚其焦切的渴望，
即刻使我的靈魂獲得解脫；

但我的靈魂不會將熾烈
燃燒過的記憶棄於彼岸；
我的火焰能夠泅過冷水
並且蔑視嚴苛的法律。

我的靈魂囚鎖著大神，
我的血脈煽起如此烈火，
我的骨髓在榮耀中燃燒，

肉體會遭棄但慾望永不熄：
會變成灰燼，但情感在焉，
會化作塵土，但愛生其中。

一個感激夢甜蜜謊言的戀人

啊芙羅拉芭，我夢見……我該說嗎？
是的，那是在夢中：我們做愛。
而除了做夢的戀人，有誰能將
這樣的天堂和這樣的地獄合在一起？

愛神當時設法讓我的火焰與你的雪，
你的冰交融，一如經常將其箭筒裡
相異的箭混合在一起，而且融合得
十分適切，一如我不眠的敬意。

而我說：「願愛神，願命運下令
如果我醒著，絕對不能入睡，
如果已入睡，絕對不要醒來。」

但很快地我從甜美的混亂醒來；
並且發現死亡在我身上活躍著，
並且發現我帶著充沛活力死去。

譯者說

葛維鐸

葛維鐸（Francisco de Quevedo，1580-1645），西班牙詩人，西班牙「黃金年代」的諷刺大家，一生充滿傳奇。出身富貴之家，通曉數種語言，二十三歲時即以詩人與才子聞名。一六一三年起，擔任西西里與那不勒斯總督歐蘇納公爵之顧問，先後七年，表現出色，後因公爵失勢，葛維鐸亦被軟禁，從此不願出任公職，乃專事寫作，不時湧現針砭時弊的諷刺詩文。一六三九年因一首諷刺詩再次被捕，拘禁於修道院內，至一六四三年始釋放，然已健康大壞，不久即死去。他博覽群籍，除了寫詩和短文，也寫論文和小說，作品題材廣泛，語調多樣——既能寫莊嚴神聖之素材，也能寫粗鄙猥褻之事物，可見其思想之深廣，學識之淵博，以及性格之複雜。他用語精巧、大膽，巧妙的雙關語，形上的比喻和奇異的幻想是其作品的特色。作為語言大師，在西班牙文學中無出其右。

像史威夫特、杜斯妥也夫斯基和卡夫卡一樣，他是世界文學裡飽受折磨又充滿洞見的偉大靈魂之一，且是我們所見能以尖銳、無情之筆撻伐人生的最滑稽突梯的作家之一。波赫士稱他為「西班牙文學首位藝匠」，說他「一如喬伊斯、歌德、莎士比亞和但丁……，不只是一個個人，是一種廣闊、複雜的文學。」他的詩從不顯露濫情和浪漫陳腐之調，即便在情詩裡，他也是以水晶和鐵般的精準、明晰，表現坦直的熱情。

無名氏

(17 世紀，英國)

迷人的一夜

迷人的一夜，
帶來的愉悅，
勝過百個幸運的白日。
夜和祕密增進情趣，
讓快樂更加持續，
以千千種不同的方式。

譯者說

無名氏

這首〈迷人的一夜〉選自英國作曲家普塞爾（Henry Purcell, 1659-1695）的戲劇音樂《仙后》（*The Fairy Queen*）。劇本據莎士比亞《仲夏夜之夢》改寫成，但不確知作者為誰。這首詩是劇中以「祕密」（Secret）為名的精靈所唱之歌，歌頌夜的媚力。祕密的夜帶給戀人們的愉悅，勝過事業有成、飛黃騰達的白日一百倍！此詩短短幾行，然音調婉轉，一唱三嘆，絕頂迷人。現將英語原詩錄於下，宜找出普塞爾歌曲，立體享受之：

One charming night
Gives more delight
Than a hundred lucky days.
Night and I improve the taste
Make the pleasure longer last
A thousand, thousand several ways.

松尾芭蕉

（1644-1694，日本）

俳句兩首

牡丹花深處
一隻蜜蜂
歪歪倒倒爬出來哉。

•

在麥飯和
戀愛間
母貓瘦了。

譯者說

松尾芭蕉

松尾芭蕉（Matsuo Basho，1644-1694），有「俳聖」之稱，是日本最著名的俳句作者。俳句是非常簡潔的日本詩歌形式，由五、七、五共十七個音節組成，始於十六世紀，幾經演變，至今仍廣為日人喜愛，甚至在世界各地引起迴響。它們或纖巧輕妙，富詼諧之趣味；或恬適自然，富閑寂之趣味；或繁複鮮麗，富彩繪之趣味。俳句具有含蓄之美，旨在暗示，不在言傳，讓讀者有豐富的想像空間。

芭蕉的俳句精鍊傳神，每從自然景物中悟得微妙的詩境。在第一首俳句中，採花的蜜蜂自牡丹花深處饜足而出（或說過分饜足，因為它樂不可支，必須用「爬」的呢）——形象生動，含意深遠。詩人用幽默愉快的語調顯現對充滿情愛、情趣的大自然的禮讚。啊，整個宇宙就是一間爭奇鬥艷的情趣用品店呢。第二首俳句幽默地呈現出一方面忙著覓食、一方面忙著和雄貓約會，來回奔跑，為愛消瘦的母貓。

修女胡安娜

(1651-1695，墨西哥)

以淚水的修辭學化解疑懼

今天下午，親愛的，當我與你說話，
我從你的面容和行動看到
用語言已經無法說服你，
我真希望你能看透我的心思。

愛神，助我實現我的心願，
達成了似乎不可能之事：
在苦痛傾洩出的淚水中，
我的心碎裂，緩緩滴流著。

夠了，親愛的，別嚴厲無情了；
不要再被狂暴的嫉妒折磨，
不要讓疑懼用愚昧的幻影和

虛假的徵象擾亂了你的安寧，
因為你已經看到並且觸到濕答答的
我的心——它在你的手裡溶化了。

譯者說

修女胡安娜

修女胡安娜（Sor Juana Ines de la Cruz，1651-1695），墨西哥女詩人。她自小便有強烈的求知慾，大量閱讀外祖父的豐富藏書；十五歲因才貌受賞識，被延攬入宮，擔任侯爵夫人的侍從女官；十六歲入修道院，潛心研讀、寫作，並且從事科學研究，該修道院成為當時名流雅士聚集的文化交流中心。

胡安娜一生創作頗豐，有科學與神學論述、詩歌、散文、戲劇，其中以詩歌最受推崇，享有「第十個繆思」的美譽。她的詩風多樣，有自由詩、抒情詩、敘事詩、民謠、十四行詩。〈以淚水的修辭學化解疑懼〉是胡安娜十分著名的愛情詩，道盡伴隨愛情而來的不安與疑懼。一如標題所示，詩人在詩中展現的不僅僅是情感的抒發，更有知性的訴求。有人以宗教、神學角度去批判她的詩，或從象徵的層次去詮釋她的詩，顯然是錯誤且狹隘的。我們應該回歸到「人」的角度去看待她的情感世界，不該因其修女的身分而貶低其情詩價值；相反地，這樣的身分反而賦予詩作中的情慾經驗更繁複的層次，更大的戲劇張力。她的詩是她想像與情感的紀錄，是她反叛與自由的宣言，她在詩中構築「她自己的房間」，比女性主義作家吳爾芙（Virginia Woolf，1882-1941）早了兩、三個世紀。

近松門左衛門

（1653-1725，日本）

《曾根崎情死》選

敘述者：

向世界告別，向夜晚告別。

往死亡之路走去的我們該比擬為何？

恰似通往墳場的小徑上的霜雪，

隨著向前跨出的每一個步伐消融：

這場夢中之夢何其憂傷。

德兵衛：

啊，你計數鐘聲了嗎？預告天將破曉的

七聲鐘響，已經敲了六響。

剩下的那一響將會是我們此生聽到的

最後一聲回音。

阿初：

它將與解脫之無上幸福唱和。

敘述者：

再會了，不僅僅向鐘聲道別，

他們最後一次將目光投向綠草，樹木，天空。

雲朵飄過，無視他們的存在；

閃亮的北斗七星倒映水面上，

牛郎織女星在銀河輝耀。

德兵衛：

讓我們以梅田橋

為鵲橋，立下誓言

生生世世作牛郎織女星。

敘述者：

「我衷心願意」，她依偎著他說。

他們潸潸淚下
河水也隨之高漲。
河對岸茶舖的樓座上
尋歡作樂的人們尚未入眠，
在通明燈火下高談闊論，
閒話殉情事件今年收成的好壞。
他們聽之心情沉重。

德兵衛：

多麼奇怪的感覺！在昨天，甚至今天，
我們談論這類事情總覺得事不關己。
明天我們將出現在他們的閒談中——
世人若想吟唱我們的故事，就隨他們唱去。

敘述者：

而現在他們耳邊響起這樣的歌：

「你為什麼不娶我為妻？

或許我的愛對你毫無意義……

無論我們相愛或者哀傷，

命運與世事皆無法如我們所願。

今天之前我們的心未曾

一日舒坦，一夜安適，

不為命運多舛的愛情所折磨。

我何以至此？

我永遠忘不了你。

你若想棄我而遠去，

我絕不容許。

親手殺了我吧，
不然我不讓你走。」
她淚流滿面。

德兵衛：
那麼多的歌曲，今晚唱出的
居然是這首歌，但不知歌者是何人？
我們是聆聽者。歌裡的人一如我們，
走同樣的路，經歷同樣的試煉。

敘述者：
他們彼此相擁，傷心哭泣，
像萬千戀人們，希望
今夜會比以往更長些。
然而無情的夏夜短暫一如往昔，
不久雞啼聲即將驅走他們的生命。

譯者說

近松門左衛門

此處所譯是日本江戶時代劇作家近松門左衛門（Chikamatsu Monzaemon，1653-1725）淨琉璃（傀儡戲）《曾根崎情死》最後一景中著名的一段。近松門左衛門有「日本莎士比亞」之稱，出身武士家庭，曾做過公卿的侍臣，甘願放棄以武士立身的想法，從事當時被視為賤業的戲劇創作，於二十五歲前後開始他的創作生涯，作有「淨琉璃」劇本一百多篇，「歌舞伎」劇本二十八篇。

這段以詩的形式寫成的文字，公認是日本文學史上最美的段落之一。《曾根崎情死》（日文原名為《曾根崎心中》——「曾根崎」是地名，「心中」即殉情之意），是根據一七〇三年發生在大阪市北區曾根崎神社殉情事件所創作的劇本。男主角德兵衛在舅舅店裡工作，其舅要求德兵衛與德兵衛舅媽之姪女結婚，並要給他錢做生意。德兵衛的繼母代收了這筆錢，但德兵衛已與妓女阿初相戀，因此拒絕此婚事。其舅要求德兵衛將錢歸還，不意德兵衛好不容易從繼母處拿回的錢，卻被其友人詐借不還。哀痛欲絕的德兵衛與阿初遂決定一起自殺。

所譯的這段文字，描繪的即是兩人攜手往曾根崎神社情奔赴死的情景。戲中他們聽到的歌曲是當時流行的一首描述男女殉情的歌。

千代尼

（1703-1775，日本）

俳句六首

拂曉的別離
偶人們
豈知哉。

●

根深蒂固，
女子的慾望——
野紫羅蘭。

●

再睡一覺，
直到百年——
楊柳樹。

・

直到他的斗笠
化成蝶——
我渴望他。

・

冬雪閉門：
想說的話
只能透過筆的往來。

・

更衣：
她的美背
只讓花香窺見。

譯者說

千代尼

千代尼（Chiyo-ni，1703-1775），又稱加賀之千代，被許多人認為是日本最重要的俳句女詩人。她是俳聖芭蕉的再傳弟子，在俳句幾乎是男性作者天下的那個時代，為女性創作者佔了一席之地。她能詩能畫，相貌絕美——她的美在許多人筆下被讚美過，包括「浮世繪」畫家歌川國芳（1798-1861）的畫筆。她的詩晶瑩澄澈，感覺鮮明，創作生活非常活絡，時與詩人乃至武士們相往來。

千代五十二歲時落髮為尼，之前應有過一兩次戀愛經驗。她寫的某些俳句似乎可以印證一二。此處譯的第一首俳句，讓我們窺見千代生命祕密的一角，原來在成為尼姑前，她也是懂得愛之苦的。這首俳句為每年三月三日的「偶人節」而寫。偶人節是日本女孩子們的節日，女孩們在此日備了偶人、點心、白酒、桃花為祭物，祈求幸福。千代用沒有知覺的偶人，對比戀愛中的人間男女別離的哀愁。

就千代尼那個時代的女性而言，第二首俳句可說相當強有力而直接，且富官能美。

第三首俳句寫於俳句詩人岸大睡八十歲生日時。大睡長她十八歲，千代少女時代曾隨他住了幾年，學習俳句。他們住處頗近，後來分別當了尼姑與和尚。他們的俳句出現於同一選集；他們一起寫俳句、互相唱和，而且死於同一年。他們無法成婚，因為大睡是武士階級，而她來自商人家庭。千代有一姪女，學者推測其實可能是千代和大睡所生之女。這首俳句透露出他們兩人之間漫長而親密的關係。

第五首俳句中，詩人因冬雪閉門不得外出（日文原作謂「冬籠」，被冬雪鎖在家中），只能借筆的往來與另一「籠」中的伊人互訴情思。

歌德

（1749-1832，德國）

雖然你以千姿萬態隱藏自己

雖然你以千姿萬態隱藏自己，
最親愛的人啊，我立刻就認出你；
雖然你用魔術面紗掩蓋自己，
無所不在者啊，我立刻就認出你。

在純淨，朝氣蓬勃的柏樹身上，
肢體最美者啊，我立刻就認出你。
在運河潔淨，流動的活水中，
最悅人的人啊，我清楚地認出你。

當直湧而上的噴泉自頂處漩開，
最愛玩的人啊，我高興地認出你；
當雲朵成形，旋即幻化出新貌，

最多變的人啊，在那兒我認出你。

在如茵草地花朵綴飾的面紗裡，
星光斑斕者，多美啊，我認出你；
而當常春藤伸出它千隻手臂，
擁抱一切者啊，在那兒我認出你。

當黎明的火光在山頂上閃現，
令人欣喜者啊，立刻，我歡迎你；
隨後在我上方天空變得澄而圓，
使人開心者啊，我隨即呼吸了你。

我從內在外在感官獲知的事物，
教化一切者啊，我全都得之於你；
而當我稱呼阿拉的一百個名字，
每個名都回應以一個名，讚美你。

譯者說

歌德

歌德（Johann Wolfgang Goethe，1749-1832），德國詩人，小說家，劇作家，公認是德國現代文學的奠基者，浪漫主義「狂飆運動」的領導者，是一個既博大又多樣，「萬物皆備於我」的文學巨人，與但丁、莎士比亞並稱為西方世界三大詩人。

歌德活了八十三歲，一生中有七十多年時間從事詩創作，寫了無數主題和無數詩體（包括著名詩劇《浮士德》），總數在二千五百篇以上。他曾把自己的全部生活比做金字塔的建構，而「放在歌德金字塔頂的花束」——法國作家羅曼．羅蘭說——就是歌德的抒情詩。

歌德一生戀愛不斷，由是激發出許多抒情詩。此首〈雖然你以千姿萬態隱藏自己〉寫於一八一五年，是他《西東詩集》第八卷「蘇萊卡之書」中的名作。歌德在六十五歲那年動筆寫《西東詩集》，其契機一為閱讀了十四世紀波斯詩人哈菲茲的詩篇，一為愛上了小他三十五歲、才貌雙全的女子瑪麗安妮——她是歌德友人，銀行家威勒瑪的養女，後來又成為威勒瑪的妻子。《西東詩集》包含了兩百五十多首詩，分十二卷，其中女主角蘇萊卡就是瑪麗安妮的化身。在這些詩篇當中，我們可以看到歌德泯除了人間之愛與對上帝（或自然）之愛兩者間的界限，詩人在他的愛人身上看到了這可感世界的每一形貌，如同回教徒以百種名稱呼喚、讚美真主阿拉。在愛他的愛人的同時，詩人也愛著這世界以及存涵其中的任何神。寫作《西東詩集》的歌德被稱做「沒有任何宗教的神祕主義者」，實在是恰當之喻。本詩中對於愛人的各種稱呼，即是模仿回教徒對阿拉的各種稱呼。

彭斯

(1759-1796，蘇格蘭)

誰在我的房門外呀？

「誰在我的房門外呀？」
「除了芬德雷，還會有誰？」
「趕快走開吧，你不要在此！」
「當真要我走？」芬德雷說。
「你為何如此偷偷摸摸？」
「喔出來見個面吧，」芬德雷說。
「天亮之前你會鬧事的。」
「我真會鬧事的，」芬德雷說。

「要是我開門讓你進來，」
「讓我進去，」芬德雷說。
「你會吵得我無法成眠；」
「那是當然的，」芬德雷說。

「倘若讓你待在我房裡，」

「讓我待著吧，」芬德雷說。

「我恐怕你會一待到天明；」

「那是一定的，」芬德雷說。

「要是今晚讓你留下，」

「我要留在這裡，」芬德雷說。

「我怕你會再度前來；」

「我一定會的，」芬德雷說。

「這屋裡可能發生的事，」

「讓它發生吧，」芬德雷說。

「你到死都不能說出去。」

「我一定會的，」芬德雷說。

安娜金色的髮束

昨晚我飲了一品脫的酒，
在無人得見之處；
昨夜躺臥在我的胸口
是安娜金色的髮束。

荒野上飢餓的猶太人
為天賜嗎哪而歡呼，
怎比得上安娜的紅唇
帶給我的無上幸福。

君王們，儘管東征西討
從印度河直到塞芬拿；
我只求緊緊擁抱

全身酥柔消溶的安娜：

宮廷的美色我看不上眼，
無論是皇后或妃嬪，
當我在她懷裡飄飄欲仙，
與安娜兩人共銷魂！

走開，你好炫耀的日神！
走開，你蒼白的戴安娜！
星子啊，掩住你們的眼睛，
當我去見我的安娜。

披著黑羽衣飛來吧，夜！
日、月、星辰全都退隱；

且帶給我一枝神筆好描寫
與安娜相好的蕩漾心神。

附白：

教會和政府會連成一氣，
禁止我做這些事情哪：
教會和政府下地獄去，
我要去會我的安娜。

在我眼裡她是陽光，
少了她我活不了啊：
人生在世若可許三願，
第一願就是我的安娜。

譯者說

彭斯

彭斯（Robert Burns，1759-1796），蘇格蘭詩人。他出身清寒，一生飽受疾病、貧窮、躁鬱、焦慮、剝削之苦，啟蒙主義和浪漫主義的精神是他奮鬥歷程中的重要支柱。他在詩中對貴族地主，教會、富豪的剝削與操控多所嘲弄，為小市民發聲。他的詩因此成為民主意識逐漸抬頭的蘇格蘭人的精神象徵。除了政治、諷刺詩之外，他也以熱情真摯的抒情詩著稱。

彭斯自幼即熟諳蘇格蘭民歌及民間故事；一七八六年，他將民歌與文學結合，出版了《主要以蘇格蘭方言寫作之詩集》，傳頌一時。他並非學院派詩人，他的用字與節奏無任何理論可循，而是得自本土方言以及蘇格蘭民歌的豐富傳統。彭斯的詩與歌齊名。詹姆士・強生編纂的《蘇格蘭音樂總匯》，喬治・湯姆遜編纂的《原始的蘇格蘭歌曲集》，收錄了彭斯為蘇格蘭曲調所填寫的大部分歌詞。此處選譯的是他的兩首歌：第一首〈誰在我的房門外呀？〉寫於一七八三年，以對話的方式，生動地呈現出戀人們熱情示愛與矜持抗拒之間的拉鋸張力與戲劇趣味。第二首〈安娜金色的髮束〉寫於一七九〇年，歌讚凡夫俗婦、人間男女的情愛，其飄飄欲仙，其銷魂蕩漾，豈是功名利祿，聖蹟偉業所能比擬？

塞芬拿（Savannah），為美國河流名，沿喬治亞州與南卡羅來納州向東南流入大西洋。

拜倫

(1788-1824，英國)

那麼，我們不要再遊蕩了

那麼，我們不要再遊蕩了，
　如此晚了，這夜已央，
雖然心還是一樣戀著，
　而月光還是一樣明亮。

因為劍會把劍鞘磨穿，
　靈魂也會磨損胸膛，
而心應該停下稍喘，
　愛情自身也須休養。

雖然夜本就為愛而設，
　而白日回來太匆匆，
但我們不要再遊蕩了，
　在月光的映照中。

譯者說

拜倫

這首詩的原作者是十八世紀蘇格蘭的無名氏，經英國浪漫主義詩人拜倫（Lord Byron，1788-1824）改寫成此貌。美國民歌復興運動健將與民謠研究者 Richard Dyer-Bennet（1913-1991）曾將之譜成曲。多年前，我們聽到瓊．拜雅（Joan Baez）唱此曲，驚為天籟，反覆聽之。此詩雖經浪漫主義詩人之手，但一反浪漫主義的濫情，具有一種巧妙的節制，原來是系出民間有以致之。為便利有興趣的讀者聽歌印證，特將英文原詩附於後：

So, we'll go no more a-roving
  So late into the night,
Though the heart be still as loving,
  And the moon be still as bright.

For the sword outwears its sheath,
  And the soul wears out the breast,
And the heart must pause to breathe,
  And love itself have rest.

Though the night was made for loving,
  And the day returns too soon,
Still we'll go no more a-roving
  By the light of the moon.

艾亨多夫

(1788-1857，德國)

晚霞中

經歷了苦難和喜悅，
手牽著手，如今
我們雙雙從漂泊的生涯
來到這安靜的鄉間休憩。

山谷圍繞在四周，
天色已經暗了，
只有兩隻雲雀，記著舊夢，
正飛翔入雲霧中。

來吧，讓它們翱翔，
很快就是睡眠時候，
我們不要走失啊，

在這一片孤寂中。

啊廣袤的，寧靜的和平！
在晚霞中如此深沉。
我們已如是厭倦漂泊——
難道這就是死亡？

譯者說

艾亨多夫

艾亨多夫（Josef Von Eichendorff，1788-1857），德國詩人和小說家，公認為德國最偉大的浪漫主義詩人之一。生於西里西亞的貴族家庭，在哈勒與海德堡求學時，結識了許多傑出的浪漫主義運動領袖，並且在一八〇八年返鄉後開始發表詩和短篇小說。普魯士「解放戰爭」（1810-15）期間，加入自由軍團抗擊拿破崙。戰後在普魯士政府部門供職，一八三一年後任職於柏林，他許多最好的詩作即出於此一時期，表達其對鄉野、自然的渴望，不但像民歌般廣受歡迎，並且吸引了諸多作曲家（如舒曼、孟德爾頌、沃爾夫[Hugo Wolf]……）。此首〈晚霞中〉即被八十四歲的理查·史特勞斯譜成曲，成為其晚年傑作《最後的四首歌》之一。

艾亨多夫最有名的小說是一八二六年發表的《一個無用人的生涯》，結合了夢幻與現實，被認為是浪漫主義小說的高峰。

海涅

(1797-1856，德國)

乘著歌聲的翅膀

乘著歌聲的翅膀，
愛人啊，我要帶你離去，
到那恆河岸邊，那兒
我知道最美的地方。

一座開滿紅花的花園，
靜臥在輕柔的月光下；
蓮花在翹首等候
她們親愛的姊妹。

紫羅蘭竊笑，低語，
仰頭向天上的星星；

薔薇花祕密地
互吐芬芳的故事。

溫柔、聰明的羚羊
跳過來仔細聆聽；
聖河的水流
遠遠地傳來波音。

我們將在那兒降落，
在那棕櫚樹底下，
啜飲著愛與寧靜，
做著幸福的夢。

言語，言語，
言語，
而無任何行動！

言語，言語，言語，而無任何行動！
不曾有過肉，我親愛的可人兒！——
不曾有過燉煮的麵糰——
總是靈魂！未見烤肉在其上！

然而熱情之馬狂野地
急奔著——且日日不停——
或許腰部厚實之撞擊，
對你並不適宜。

在與邱比特競逐的越野賽中，
斯文的孩子，老實說我怕

最後你會被碰撞得呈半蠢狀態：
愛情是野蠻的狩獵，親愛的。

是的，我要說你的健康需要
我這類腺體萎縮，躊躇
又躊躇，不敢上的情人，
連一根指頭也舉不起來。

因此絕對不要裸裎相對
在我們的心緊密相連前，
這麼衛生的愛，一定會
讓你的健康開出花來。

譯者說

海涅

海涅（Heinrich Heine，1797-1856），德國詩人，出生於杜塞道夫一個猶太商人之家，中學畢業後在銀行家叔父資助下先後在波昂、柏林、格丁根上大學，一八二五年取得學位，為擔任當時猶太人不得出任的公職，改信新教。上大學前，先後與叔父的兩位女兒戀愛，均告失敗，這種一廂情願的愛情激發他寫出許多詩歌，收在他的詩集《歌之卷》（1827）裡，〈乘著歌聲的翅膀〉即是其中一首，經作曲家孟德爾頌譜成曲後更為膾炙人口。

一八三〇年法國革命爆發後，他離開德國，前往巴黎，在那兒度過餘生，繼續寫作他數量龐大的作品。在他生命的最後八年，他因中風，長年纏綿病榻（他自嘲為「墓床」），但仍創作不懈，肉體的痛苦絲毫不能減弱他的機智與心靈的敏捷。海涅可謂十九世紀，甚至佩脫拉克以降，歐洲最著名的愛情詩人，但他寫過種類繁多的韻文和散文作品，能浪漫也能諷刺，雅、謔均不同凡響。〈言語，言語，言語，而無任何行動！〉即是最好的證明。

普 希 金

(1799-1837，俄國)

我愛過你

我愛過你，這顆心無法平靜，
似乎愛情仍然在我心底逡巡；
但你不要再為它所困，
我不想以任何事情傷害你。
我愛過你，不抱希望，不吐聲息，
既受羞怯之苦，又受嫉妒之痛；
如此溫柔，真誠的愛情，
願上帝保佑另有人能夠給你。

普希金

普希金（Aleksandr Pushkin，1799-1837），俄國最偉大的詩人，俄羅斯近代文學的奠基者。生於莫斯科，一八一一年進入為貴族子弟辦的彼得堡皇村學校，結交了一些未來的進步貴族知識分子，習染自由和革命的思想，並開始其文學生涯。一八二〇年，因為詩中的自由色彩，被亞歷山大一世流放南俄。一八二四年，他的美學觀點和言行又使他陷入困境，被新沙皇尼古拉一世下令從奧德薩解送到普斯柯夫省米海洛夫村他父母的領地。在這兒他開始創作長篇詩體小說《葉甫蓋尼．奧涅金》，並寫成歷史悲劇《鮑里斯．郭多諾夫》及其他詩歌。一八二九至三六年間，他的創作才能到達登峰之境，所寫的每一部作品幾乎都為俄國文學史掀開新頁。一八三一年二月，他與年輕貌美的岡察洛娃結婚，此後至死，他的生命不斷被債務、被妻子的舉止招惹的流言，以及沙皇與社會對他的蔑視所困擾。一八三七年一月，他與流亡俄國的法國男爵丹特士決鬥，受傷而死。

普希金的文學才華橫溢多姿，他創作詩、小說、戲劇、評論，他寫過十九世紀初俄國文學所知的一切詩型——從幽默的警句到莊嚴雄偉的敘事詩。但他的短詩最能顯現他縱橫的詩才：他詩風多樣，想像觸角寬廣，幾乎涵蓋了所有詩意的或非詩意的題材——從猥褻低俗的笑話到莊嚴有力的政治宣言，從恬適安逸的到浮誇華麗的自然景色描述，從充滿情慾的調情到令人回味的激情。普希金對當代及後代詩人或散文家的影響十分巨大，不僅因為他樹立了新的風格，開創了新的題材，引進了從前被認為不適宜入詩的主題，打破了詩、散文和戲劇的舊枷鎖，同時因為他創造了新的語言，脫離了十八、十九世紀俄國文學常見的過度矯情、復古、僵化和羞怯。他以作品向其他作家示範：俄語的無限可塑性，技巧與題材、情緒的統一，更重要的是，語言風格的融合——不同類型的語言，聖經的與通俗的，古老的與現代的，是可以並行不悖的。

他的作品不斷被不同領域的藝術家改編、演繹，以音樂家為例，葛令卡（Glinka）譜了《盧斯郎與魯蜜拉》，莫索斯基（Musorgsky）譜了《鮑里斯．郭多諾夫》，柴可夫斯基（Tchaikovsky）有《葉甫蓋尼．奧涅金》、《黑桃皇后》、《馬采巴》，林姆斯基科薩可夫（Rimsky-Korsakov）有《金雞》、《薩丹王》、《莫札特與薩利耶里》，桂宜（Cui）有《上尉的女兒》、《瘟疫期間的盛宴》，拉哈曼尼諾夫（Rachmaniov）有《阿烈科》、《守財奴騎士》，史特拉汶斯基（Stravinsky）有《馬烏拉》……——這些都是歌劇。譜成歌曲的就更多了，像這首〈我愛過你〉就被達戈梅日斯基（Dargomizhsky，1813-1869）等譜過。

雨 果

（1802-1885，法國）

既然我的唇已觸到

既然我的唇已觸到你依然滿盈的杯，
既然我蒼白的額頭已放在你的手裡，
既然我已吸過你靈魂芬芳的
呼吸，那深埋於陰影裡的香氣，

既然我已有幸聽你說出那些
話語——那是神祕的心的傾吐，
既然我已見過你哭，見過你笑，
你的嘴貼著我的嘴，你的眼貼著我的眼；

既然在我狂喜的頭上我見過一道光
射自你始終蒙著雲霧的星星，

既然我已見過自你的時光攫下的一瓣
玫瑰，掉落我生命的水流，

我現在可以向疾馳的年歲宣佈：
逝去吧，儘管逝去吧！我已無東西可老去！
帶著你那些枯萎的花離去吧，
在我心裡有一朵花，無人能摘取。

你翅膀的撲打絲毫不能動搖我的杯，
我飲之以解渴，已然被我注滿；
我靈魂裡的火多過你所有的灰燼！
我心中的愛超過你帶來的遺忘！

譯者說

雨果

雨果（Victor Hugo，1802-1885）是法國詩人、小說家、劇作家、文學評論家、政論家。他崇尚自由，歌讚民主自由，聲援各國的自由運動；他刻畫正義與博愛的理想形象，以強烈鮮明的情感呈現自己的愛與憎；他描繪人世的浮沉與善惡的爭戰，對人性有深刻的理解。雨果的作品處處可見浪漫主義和人道主義的影響，他曾說：「為藝術而藝術或許是美的，但為進步而藝術更美。」他又說：「上帝給人激情，社會給人行動，自然給人夢想，而詩人將三者合而為一。」因此，對他而言詩人應當扮演的角色是「時代的響亮回聲」，喚醒世人麻木不仁的靈魂。

雨果在其友人——批評家聖佩甫（Sainte-Beuve），與雨果夫人發生曖昧關係後，於一八三三年結識了茱麗葉．德魯埃（Juliette Drouet），開始與她長達半世紀的戀情，兩人往返的情書多達一千五百封。這首〈既然我的唇已觸到〉是雨果於一八三五年新年寫的情詩。詩中，雨果在一連用了七個「既然」之後，瀟灑豪邁地道出了「有了愛情，人生無憾」的心境，因為愛足以對抗生命中的諸多無奈，譬如老去，遺忘，空虛。此首詩與龍薩的〈當你老時〉齊名，可視為對該詩的應答，前者濃烈率真，後者纏綿低迴，對愛情的歌讚有異曲同工之妙。

丁尼生

(1809-1892，英國)

然後深紅的花瓣睡著了

然後深紅的花瓣睡著了，然後白色的；
宮殿外步道旁的柏樹不再搖曳；
斑岩噴泉裡金色的鰭不再閃爍；
螢火蟲醒來，你也跟著我醒來。

然後乳白的孔雀垂首彷彿幽靈，
彷彿幽靈她向我發出微弱的光。

然後大地躺著如戴納漪迎向星輝，
你的靈魂也全心全意向我開放。

然後寂靜的彗星繼續滑落，留下
閃光的犁溝，如你的思想，在我體內。

然後百合收攏起她所有的甜美，
偷偷溜進湖心深處。
所以卿卿，你也收攏起你自己，溜
進我的懷中並且在我體內溶失。

譯者說

丁尼生

丁尼生（Alfred Lord Tennyson，1809-1892）是英國詩人，在維多利亞時代的讀者眼中，他不僅是文字創造者，作風獨特的個人，而且是個對政局、世事適時提出看法的智者。赫胥黎（T. H. Huxley）認為丁尼生是一名思想家，深諳當代的科學發展及其衍生出的問題。他心思縝密，著重知性思考，時間對人類的威脅、人類在地球上的處境，人類與自然和上帝的關係，都是他關注的課題。

他的許多詩作雖是知性取向，但他對音韻和節奏的營造下過不少功夫，無怪乎奧登（Auden）稱讚他說：「在所有英國詩人當中，丁尼生擁有最好的耳朵。」朗讀他的詩，是一種音聲交響的動人經驗。也因此作曲家們很喜歡將他的詩譜成音樂，此首擷自丁尼生長詩〈公主〉（"The Princess"）的名作〈然後深紅的花瓣睡著了〉，首尾兩段即經英國作曲家奎爾特（Roger Quilter，1877-1953）譜成廣受歡迎的歌曲：富麗動人的性愛意象，披上靜謐而官能的聽覺描繪，豈不美哉？特將歌詞附於後，以利聆賞：

Now sleeps the crimson petal, now the white;
Nor waves the cypress in the palace walk;
Nor winks the gold fin in the porphyry font;
The firefly wakens, waken thou with me.

Now folds the lily all her sweetness up,
And slips into the bosom of the lake.
So fold thyself, my dearest, thou, and slip
Into my bosom and be lost in me.

原詩中提到之「戴納漪」（Danaë）為希臘公主，被其父拘禁於鐵塔內以防追求者接近，不意天神宙斯仍成功地化作一陣金雨，親近了她。

波特萊爾

(1821-1867，法國)

邀遊

我的孩子，我的妹妹，
想像那甜蜜，
到那邊去一起生活！
去悠閒地愛，
去愛，去死，
在與你相似的土地。
濕濡的太陽
在雲翳的天空，
在我心裡生出誘惑，
如此地神秘，
一如你不貞的眼睛，
在淚水中透出光采。

那兒，一切是和諧，美，
豐盈，寧靜，與歡愉。

閃爍的家具，
被歲月磨亮，
裝飾著我們的臥房；
最珍奇的花卉
把它們的香味
混進朦朧的琥珀香，
華麗的天花板，
深深的鏡子，
那東方的奢豪輝煌，

全都向靈魂
祕密地陳述，
用它柔和的鄉音。

那兒，一切是和諧，美，
豐盈，寧靜，與歡愉。

看那些運河上
那些睡著的船隻，
它們的性情是四處流浪；
為了滿足
你最微小的願望，
它們從世界的盡頭來到這兒。

西沉的太陽
將田野，將運河，
將整個城市籠罩在
風信子紅與金黃裡；
世界沉睡於
一片溫暖的光中。

那兒，一切是和諧，美，
豐盈，寧靜，與歡愉。

譯者說

波特萊爾

波特萊爾（Charles Baudelaire，1821-1867），法國詩人、散文家、藝術評論家、美學大師，他的詩集《惡之華》對知覺的交感，靈肉的互動、衝突有深刻的描寫，充滿了憂鬱與神秘，懷疑與追索，孤寂與掙扎。他極富流動性的暗喻手法，使他的詩作成為法國象徵派的先驅，因此梵樂希（Valéry）認為沒有波特萊爾，就沒有藍波和馬拉梅（Mallarme）。

〈邀遊〉一詩是波特萊爾生命黑暗期的產物。債務、疾病纏身，加上對荷蘭女伶瑪俐・朵白蘭（Marie Daubrun）熱情卻無償的愛戀，促使波特萊爾用想像創造了自己的小宇宙——一個充滿「和諧，美，／豐盈，寧靜，與歡愉」的理想國度——以對抗紛擾的現實。整首詩恬適純美，極富音樂性，充分體現了美國詩人愛倫坡對詩的定義：「律動的美的創造物」。

波特萊爾曾希望有音樂奇才將此詩譜成曲並且獻給他所愛的女子。法國作曲家杜巴克（Henri Duparc，1848-1933）二十二歲時即採此詩頭尾兩段，將之譜成歌，獻給其妻。畫家馬蒂斯（Henri Matisse，1869-1954）則以詩中的疊句「豐盈，寧靜，與歡愉」，為其一九〇四年繪成的一幅畫作之名（此畫今懸於巴黎奧塞美術館）。兩位「亨利」可謂波特萊爾知音。

狄瑾蓀

(1830-1886，美國)

暴風雨夜

暴風雨夜！暴風雨夜！
有你相伴，
暴風雨夜對我們就是
福地洞天！

風吹不到
已入港停泊的心——
不再需要羅盤，
不再需要航海圖。

划行於伊甸園！
啊！大海！
今晚我只想把船繩
繫在你的胸懷！

靈魂選擇它的伴侶

靈魂選擇自己的伴侶——
而後——將門一關——
對她神聖的優勢群體——
勿再引薦——

無動於衷——她看到馬車——停歇於
她低矮的門旁——
無動於衷——君王屈膝
她的席墊之上——

我知道她——自廣大的國度——
擇一為伴——
然後——將注意力的活門拴住——
石頭一般——

心啊，我們要忘了他

心啊，我們要忘了他！
你和我——今晚！
你可以忘記他給的溫暖——
我要把那光遺忘！

當你完成後，請告訴我
好讓我立刻動手！
快哪，免得你遲緩拖延
我又把他想起！

譯者說

狄瑾蓀

狄瑾蓀（Emily Dickinson，1830-1886）是美國女詩人。她生前未發表過任何詩作，死後留下了無數詩作，但一直到一九五五年，她的詩全集才告問世。雖然出身父權至上的保守家庭，狄瑾蓀悄悄構築自己的世界，反叛的精神在詩中依稀可見。她的文體簡潔有力，感情坦率強烈，雖然她的題材時常圍繞著她所生存的環境，但她敏銳的觸角使她能自其中創造耐人玩味的意涵。她寫自然景象、家居生活、日常雜感，對人類情感、死亡、人生價值的探索也頗感興趣。她詩中所呈現的獨創手法、感官經驗及心理深度，是她成為十九世紀重要詩人的主因。

狄瑾蓀終身未嫁，但據說曾愛過兩名男子，一為父親助理班．紐頓，一為牧師查理．魏德斯。由於她大半生過著幾近隱居的生活，因此我們對其私生活所知不多。但從〈暴風雨夜〉和〈靈魂選擇它的伴侶〉兩首詩，我們相信她平靜生活底下的情感世界必定暗潮洶湧，也相信她對愛情的追求或許含蓄，但絕對是堅定執著的。〈心啊，我們要忘了他〉一詩的切入觀點十分獨特、有趣。狄瑾蓀和「她的心」彷彿密謀造反或發動革命的地下組織成員，她對「她的心」下達「今晚展開行動」的指令，她們要分工合作、速戰速決幹掉共同的敵人——難以忘懷的「他」，以及與「他」有關的所有甜蜜回憶。

魏爾崙

(1844-1896，法國)

淚落在我心中

雨溫柔地落在城市上。

——藍波

淚落在我心中
彷彿雨落在城市上，
是什麼樣的鬱悶
穿透我的心中？

噢，溫柔的雨聲，
落在土地也落在屋頂！
為了一顆倦怠的心，
噢，雨的歌聲！

淚落沒有緣由
在這顆厭煩的心中。
怎麼！並沒有背信？
這哀愁沒有緣由。

那確是最沉重的痛苦
不知道悲從何來，
沒有愛也沒有恨，
我的心有這麼多痛苦！

綠

這兒是果實、花朵、樹葉和樹枝，
還有我的這顆心，它只為你跳動。
不要用你白皙的雙手將它撕裂，
願這謙卑的禮物獲你美目哂納。

我來了，身上仍沾滿露珠，
晨風使它在我額上結霜，
請容許我的疲憊在你腳下歇息，
讓夢中美好時刻帶給它安寧。

在你年輕的胸口讓我枕放我的頭
我的腦中仍迴響著你最後的吻；
在美好的風暴後願它平靜，
既然你歇息了，我也將小睡片刻。

月光

你的靈魂是一幅絕妙的風景，
那兒假面和貝加摩舞者令人著迷，
彈著魯特琴，跳著舞，幾乎是
憂傷地，在他們奇異的化妝下。

雖然他們用小調歌唱
愛的勝利和生之歡愉，
他們似乎不相信自己的幸福，
他們的歌聲混和著月光，

寂靜的月光，憂傷而美麗，
使鳥群在林中入夢，
使噴泉因狂喜而啜泣，
那大理石像間修長的噴泉。

譯者說

魏爾崙

魏爾崙（Paul Verlaine，1844-1896）是法國象徵主義詩人，他的詩特重氣氛與聲音之營造，堅信在詩中「音樂高於一切」。一八六九年，魏爾崙初遇天真、貌美、有教養的十六歲少女瑪蒂爾德，一見鍾情，為她寫作一輯《良善的歌》做為愛的獻禮。一八七〇年，兩人結婚，翌年生下一子。一八七二年五月，魏爾崙拋棄妻兒，與小他十歲的同性戀情人藍波（Rimbaud）同遊比利時，後又到倫敦。一八七三年七月，兩人回到布魯塞爾，魏爾崙因恐藍波將離他而去，酒後槍傷藍波，被判刑兩年。寫於一八七二年至一八七三年的詩集《無言歌》是魏爾崙創作的高峰，裡面有魏爾崙的愛與哀愁，對瑪蒂爾德，對藍波。

〈淚落在我心中〉和〈綠〉二詩出自《無言歌》中「被遺忘的小詠歎調」。魏爾崙在〈淚落在我心中〉詩前引了一句藍波的詩：「雨溫柔地落在城市上。」這首詩每節首句和末句的最後一字相同，形成一個封閉的圓圈，暗示著詩人的徘徊徬徨、找不到出路的苦悶，無可名狀的憂鬱——無可名狀，因為「沒有愛也沒有恨」。

〈綠〉可說是一首綠色交響曲，瀰漫濕潤、鮮沃的綠意，然而全篇並無一個「綠」字，甚至無任何表示顏色的字詞──除了第三行雙手的「白皙」。這是化無綠為綠的無言歌，唱出疲憊的流浪者渴求寧靜的願望──詩人渴望在他年輕戀人（藍波？）的胸口短暫入眠。

〈月光〉一詩出自魏爾崙一八六九年的詩集《遊樂圖》，書名與主題俱讓人想起十八世紀法國畫家華鐸（Watteau，1684-1721）的畫──風采迷人的男女，身著華服，彈琴，說愛，遊樂，然而在歡樂的當下卻潛藏一股人生苦短、繁華稍縱即逝的憂鬱感。詩集最開頭的〈月光〉正是這種宇宙性哀愁的濃縮，魏爾崙既不說理，也不吶喊，他透過音樂性的詩句和奇妙的意象演出，優雅而神秘，幽默又憂鬱。

作曲家德布西、佛瑞曾先後將這些詩譜成歌。

藍波

(1854-1891，法國)

四行詩

星星在你耳之深處玫瑰色哭泣，
無限自你的頸到你的腰滾動白色；
大海在你朱紅的乳頭洗出珠光，
而男人在你絕妙的腹部流出黑血。

譯者說

藍波

藍波（Arthur Rimbaud，1854-1891），一個詩謎，一個神話。魏爾崙的同性戀人。流星般綻露光芒，劃過詩壇，又迅急隕落的法國天才詩人。年輕時，他嚮往自由，以離家和寫詩作為其叛逆的手段，大部分詩作皆成於二十歲之前，隨後浪跡歐洲各國，參加荷蘭傭軍赴爪哇，不久又開小差，加入馬戲團充當翻譯，迴遊瑞典、丹麥等地，到賽普勒斯為總督監造宮殿，在亞丁受僱於阿拉伯皮貨商，又組織駱駝商隊，穿越沙漠，進入非洲內陸，運送軍火、象牙、咖啡……然而卻成為後世一代又一代讀者與作者驚嘆、艷羨的對象。他認為詩人是「洞察者」，應該超越個人，與永恆的宇宙心靈相通，並可透過知覺錯位和文字煉金術，在夢和潛意識的領域去挖掘人類深層的情感。他的詩富有影像與聲音之美，視覺、觸覺與聽覺的意象交融，聲音、味道與顏色在詩中流動，物質與精神層次交錯並行。此首〈四行詩〉以色彩禮讚女體與情慾，雖僅寥寥數句，仍具體而微地呈現藍波詩作的部分特色。

卡瓦菲

(1863-1933，希臘)

一夜

房間簡陋污穢，藏在
怪異的酒店樓上一角。
窗外是骯髒而窄的
巷子。你聽見底下
傳來工人們打牌及
喝酒喧鬧的聲音。

在那張陳舊的矮床上
我初嚐了愛的軀體，初嚐了唇，
銷魂奪魄的玫瑰紅唇——
如此銷魂的紅唇，這麼
多年後，當此際於孤寂的屋中
我提筆書寫，我再度沉醉其中。

回來

時時回來並且抓住我，
啊親愛的感覺，回來抓我——
當肉體的記憶甦醒，
舊日的慾望再度在血脈中奔竄；
當唇與膚重新記起，
而手摸索彷彿它們又再度觸及。

時時回來並且在夜裡抓住我，
當唇與膚重新記起……

一九〇九、一〇、一一年的日子

他是飽受折磨貧困的水手的兒子
（住在愛琴海群島之中），
鐵匠是他的職業。他衣衫襤褸污穢，
工作鞋又破又爛，
雙手沾滿鐵銹和污垢。
但在夜晚打烊之後，
他若中意而想擁有
某物，一條有些貴的領帶，
可讓他在星期天穿戴的領帶，
或者看上櫥窗內
某件可愛的深藍色襯衫，
他會為了一兩塊錢出賣肉體。

我不知道在古代，輝煌的
亞歷山大港是否有過比他更迷人的
青年或更完美的男孩——誤入了歧途。
當然，沒有人曾為他畫過像或塑過像；
置身污濁的打鐵舖內，
他很快地就被耗力的工作
和庸俗、悲慘的放蕩行徑，磨蝕殆盡。

譯者說

卡瓦菲

卡瓦菲（Constantine Cavafy，1863-1933），希臘詩人，生於亞歷山大港的經商家庭。一八七〇年父親去世後，舉家遷往歐洲；一八七二到七九年間，居住於利物浦和倫敦，而後搬回亞歷山大港——除了一八八二至八五年曾在君士坦丁堡居留三年，以及四次到雅典的短暫旅行、一次到倫敦與巴黎的短暫訪問外，一直住在那兒。他一生發表的詩作約只兩百首，對自己的同性戀傾向有明確的認知。他當過新聞撰稿員、掮客，最後在公共工程部灌溉局擔任公職，直到退休。他的休閒活動是閱讀、賭博，滿足口腹之慾。他認為他一九一〇年之後的作品才是成熟之作，因此拒絕重印早期少作。他的詩作均自行出版，且限量發行；對與日俱增的名氣，他並不熱中。雖被公認為希臘最偉大的現代詩人，但由於他拒絕他人窺探其私生活，世人對他所知有限。

此處三首詩率皆詠嘆、追憶青春——流逝或易逝的青春，以及情愛、肉體之美好，第三首寫對一名身處下層社會的年輕美男子之愛憐，詩人自己說不定就是那出「一兩塊錢」的人。

葉慈
(1865-1939，愛爾蘭)

在楊柳園畔

在楊柳園畔，我的愛人和我相見，
她移動雪白的小腳，行過楊柳園。
她叫我平心對愛情，如同葉生樹上，
但我年輕又愚蠢，不願從她的思想。

在河邊地上，我的愛人和我並站，
她把她雪白的手，擱在我斜肩上。
她叫我從容對人生，如同草生堰上，
但我年輕又愚蠢，到如今淚滿衣裳。

他想要天國的綢緞

假如我有天國的錦緞，
繡滿金光和銀光，
那用夜和光和微光
織就的藍和灰和黑色的錦緞，
我將把它們鋪在你腳下：
但我很窮，只有夢；
我把我的夢鋪在你腳下；
輕輕踩啊，因為你踩的是我的夢。

酒歌

酒從唇間進，
愛從眼波起；
吾人老死前，
惟知此真理。
我舉杯就唇，
我看你，我嘆息。

譯者說

葉慈

此三首詩是愛爾蘭大詩人葉慈（W. B. Yeasts，1865-1939）精妙的小品。第一首〈在楊柳園畔〉作於一八八九年，二十四歲浪漫風格猶在之作，是葉慈根據一首愛爾蘭古老民歌殘詞重組而成的，他自愛爾蘭一鄉間老婦處聽到記憶不全的三行詞。第二首〈他想要天國的綢緞〉收於一八九九年出版的詩集《蘆葦間的風》，相當清新而浪漫。在前五行，詩人以假設語寫出心中遠景：他多麼希望給愛人華美如仙境的享受，用「金光和銀光」，用「夜和光和微光」，綿綿密密地編織成「藍和灰和黑色的」天國錦緞，讓她行走其上；在最後三行，詩人回到現實，說他無法用諸般天光為愛人編織地毯，因為貧窮的他所擁有的唯一財產是「夢」，他願意傾其所有，舖下自己的夢，讓愛人行走其上。此詩讓人想起義大利作曲家普契尼（Puccini）歌劇《波西米亞人》中詩人的詠嘆調：「我雖然窮困，卻富有詩句與愛，說到夢想、遐想和空中樓閣，我的心有如百萬富翁……」。第三首〈酒歌〉寫於一九一〇年，四十五歲略經滄桑後依然天真之作。詩人舉杯注視者，莫非是令其受苦的「致命女性」（femme fatale）——愛爾蘭女伶莫德．龔？葉慈二十四歲遇才色雙絕的莫德．龔，為其傾心不已，數度求婚被拒，終其一生對其念念不忘。

作曲家布列頓（Benjamin Britten，1913-1976）曾為〈在楊柳園畔〉一詩披上音樂，旋律亦來自愛爾蘭傳統民歌，流傳頗廣。現將原文附於後，以供參考：

Down By The Salley Gardens

Down by the salley gardens my love and I did meet;
She passed the salley gardens with little snow-white feet.
She bid me take love easy, as the leaves grow on the tree;
But I, being young and foolish, with her would not agree.

In a field by the river my love and I did stand,
And on my leaning shoulder she laid her snow-white hand.
She bid me take life easy, as the grass grows on the weirs;
But I was young and foolish, and now am full of tears.

達利奧

（1867-1916，尼加拉瓜）

秋天的詩

當我的思想出外尋你時，它是芬芳的；
你甘甜的凝視使它變得深沉。
你赤裸的腳底還沾著白色的泡沫，
你的唇間收攏著全世界的歡愉。

迅即消逝的愛情具有短暫的魅力，
帶來等量的喜悅和痛苦。
一個小時前我把名字寫在雪地上；
一分鐘前我在沙上宣讀出我的愛情。

轉黃的葉子落在林蔭道上，
漫步的人兒儷影成雙。
秋的杯子裡仍殘留著濁酒，
那兒春天將剝開你的玫瑰花瓣。

譯者說

達利奧

尼加拉瓜詩人達利奧（Ruben Dario，1867-1916）是現代主義的關鍵人物。他極早就顯露寫詩的天份，十三歲即匿名出版詩作。他早期的詩作揉合了浪漫的特質和天真的政治、宗教理想主義，雨果及西班牙作家的影響隱約可見。在一八八八年出版的《藍色》一書裡，他把法國風格融進了西班牙文學傳統，並且在詩行的長度及韻律節奏上有新的嘗試。他更創「現代主義」一詞，來肯定藝術和美學的價值，並且力求詩歌之音樂性和技巧的完美。他後來在中美洲及布宜諾斯居留多年，一八九六年出版詩選集《世俗文集》，這是現代主義高峰期的代表作之一。他晚年大多在歐洲度過，對現實感到幻滅，染上酗酒的惡習。一九一六年，回到尼加拉瓜，當時他已身染重病，經過漫長且勞頓的旅程後不幸病逝。達利奧是一個文學先驅者，他的論文及詩藝上的實驗與創新對後世影響甚鉅。

葛俄格

（1868-1933，德國）

空中花園之書

（選三首）

告訴我她今天會從
哪一條小徑走過——
好讓我能從最貴重的櫃中
取來細緻的絲綢，
摘下玫瑰、紫羅蘭，
且把我的臉頰鋪在地上
做她的腳凳。

●

如果我今天不碰你的身體
我靈魂的絲縷就會斷掉
如同繃得太緊的弓弦。
讓葬禮的黑紗做我愛情的標記

我受苦，因為我已變成你的。
請細細斟酌我是否該受此罪，
以清涼的慈悲為我退燒，
我戰戰兢兢徘徊你門外。

•

你倚靠著岸邊的銀白
楊柳，用你扇子剛硬的飾邊
護衛你的頭彷彿用一道道閃電，
且轉動、兜弄著你的首飾。
我躺在密葉遮蔽的舟中，
徒然盼你登臨……
我看見楊柳垂得更低，
落花在水上漂流。

譯者說

葛俄格

德國詩人葛俄格（Stefan George，1868-1933）最突出的天賦也許是他不凡的語言能力。他在十歲前即已發明出一套全然私有的個人語言，他是這語言——他自己的世界——唯一的主人。之後，他設計了他自己的羅馬語系語言，並且以之寫成了兩首詩發表。他的父親既明智又富有，讓他的兒子得以恣意發展自己的天份和興趣。他的語言和文學資產最明顯的例證是厚五百頁，譯自七種語言的絕佳詩翻譯，包括波特萊爾《惡之華》全譯。

他是十九世紀末德國詩歌振衰起弊的關鍵人物。他早期的詩作頗受法國象徵派啟發。他曾在巴黎、慕尼黑、柏林攻讀歷史和哲學，廣遊各地，在巴黎與馬拉梅和象徵派作家、在倫敦與前拉菲爾派畫家均有往來。回到德國後，他創立自己的文學流派——「葛俄格派」，以他人格的威權特質統合了許多追隨者，並為他們辦了一本雜誌《藝術之頁》。葛俄格雖強烈反對當時政局的發展——尤其是納粹主義的興起，但他的思想有時卻被認為恰恰反映了納粹主義。許多人惡責他為納粹主義的精神之父。納粹政府曾送給他錢和榮譽，但他拒不接受，自願選擇流亡，於一九三三年移居瑞士，並於同年死去。他的一位門生一九四四年曾企圖暗殺希特勒未成。

「空中花園之書」是葛俄格一八九五年出版的一本書《牧人與讚美詩，傳說與歌唱，以及空中花園之書》的第三部分。此書頌讚古代希臘，中世紀歐洲以及東方文明。空中花園指的是古巴比倫的空中花園，但在葛俄格的詩裡，人類所有歷史和地理都混雜在一起，以謎樣、曖昧、時代錯謬的方式並存著。奧國作曲家荀白克從中選了十五首詩，譜成著名的聯篇歌曲集《空中花園之書》。這些詩是情詩（主人翁是一對男女），是葛俄格唯一曾經題獻給女性的詩篇。這位女性後來成為另一位詩人戴默爾（Richard Dehmel，1863-1920）的妻子。荀白克曾根據戴默爾的詩〈淨夜〉寫成同名的弦樂六重奏。

里爾克

（1875-1926，奧地利）

一而再地

一而再地，雖然我們認識愛的風景
以及刻著哀痛之姓名的小教堂墓地
以及其餘者埋身其中，可怕沉默的
峽谷——一而再地，我們兩人攜手前往
那古老的樹下，一而再地躺身於
花叢裡，面對天空。

春歌

春天又來了。大地
像個背了許多詩的小孩：
許多，哦許多……為了長久
學習的辛勞，她獲得了獎賞。

她的老師很嚴。我們喜歡過
老人鬍鬚的白。
現在我們要問，那綠的、藍的
叫什麼名字：她知道，她知道！

大地，放了假的，幸福的大地，
跟孩子們一起玩吧。我們要抓住你，
快樂的土地。最快樂的才會成功。

哦，她的老師教給她的，那眾多東西，
以及那印在根部和長長的，複雜的
莖部的一切：她在歌唱，她在歌唱！

譯者說

里爾克

里爾克（Rainer Maria Rilke，1875-1926），奧地利詩人，生於布拉格，是二十世紀德語詩壇最富影響力的詩人。里爾克的父親為鐵路局官員，他原本的志向是當奧地利陸軍軍官，可惜因健康不佳而被迫放棄，因此落落寡歡的父親曾送里爾克進軍校唸書，希望里爾克能完成他未了的心願。相較於父親，里爾克的母親是位敏銳善感、富想像力、具獨特個性的女性，不論在長相或性格上，里爾克都可說是他的翻版。里爾克的姊姊嬰兒期夭折，在補償心理作祟之下，母親將里爾克打扮成女孩，要他穿洋裝，留長長的捲髮，玩洋娃娃，只有在他生日時才准他和同年齡男孩見面。父母親兩極化的期許和教養方式，使得年輕時代的里爾克徘徊於自我定位的困境中。有人說他若活在二十世紀，一定是一名嬉皮，因為終其一生他都在為他不安的靈魂尋找精神歸屬——企圖掙脫政治、社會、道德規範、思想的限制，忠於內心直覺、感官、衝動。此種精神的無政府狀態（有論者稱之為「存在主義的疾病」），激發出許多具有內涵與創意的作家和藝術家，譬如藍波、高更、王爾德，譬如普魯斯特、孟克、德布西、康丁斯基。

存在主義式的追尋——表現在對愛情、上帝與藝術等方面——是里爾克作品的重要主題。在其著名的《給奧菲斯的十四行詩》，他將詩人的藝術追尋，戀人對愛情的試探，以及靈魂對神祕領域的渴望平行並置。在《杜英諾悲歌》，他排斥一切傳統的價值觀，企圖重新界定人類的成就；他企圖超越現世，創造出新的、永恆的秩序，以對抗短暫、瑣碎的人生。在死後出版的詩集《晚期的詩》裡，我們看到里爾克在生與死的循環間，達成某種頗富神祕色彩的認知。讀里爾克的詩，讀者除了必須認同其精神困境之外，還得對其追求完美、求新求變的文體具有耐心。里爾克自受苦的靈魂衍生出熱力無窮的作品，二十世紀前葉少有作家能與之匹敵。

〈一而再地〉一詩雖短，卻具體而微地彰顯了里爾克存在主義式追尋的悲壯：以有限的愛情對抗死亡，對抗生之愁苦、威脅，對抗無垠之宇宙。〈春歌〉一詩選自里爾克寫於一九二二年的詩集《給奧菲斯的十四行詩》，是一首歌頌大地的情歌。詩人將「春之大地」比喻成一個花了很長的時間用心背誦了很多詩作之後獲得獎賞的小女孩。詩人說這個小女孩的老師「很嚴」。她的老師是誰，為什麼很嚴呢？她的老師大概是上天、造物者，或自然規律的執行者、教導者。他四季分明，賞罰有信。既教給他們「老人鬍鬚的白」，也在他們通過白雪靄靄的「嚴冬」

考驗後，教導他們「那綠的、藍的／叫什麼名字」，讓他們享受綠草、藍天的春之喜悅。在春天，大地就像是「放了假的」幸福學童，詩人要她呼朋引伴盡情玩耍，因為快樂是成功的要素。大地「她在歌唱，她在歌唱」，但她唱出的可不是膚淺的青春曲，她的快樂是建立在成長的智慧之上——老師所教給她的存在於詩中的「那眾多東西」，以及存在於花樹根部和莖部的一切自然定律。

與謝野晶子

(1878-1942，日本)

短歌選

春光短暫，
什麼東西能
不朽？我
讓他的手觸摸我
有力的乳房。

●

和服三尺袖，
沒有紫線封守
腋下小開口，
假如你敢，
拉開它！

●

你說：
我們就山居
於此吧，
胭脂用盡時
桃花就開了。

●

你的心不在一夜共寢後
我們晨別時你詩中
寫的那些梅花：
去年秋天，是她
——倚著這柱子。

●

夜裡你撫摸
我髮，聽你說其
永遠漂亮——足矣：
不必再借門外秋水
映照。

●

春雨之晨：
如果你要
渡橋，請穿
金絲的雨衣
走過。

●

你的唇和
雙手十細指
是歸我統領的
花：所以我
吸吮。

●

請對我說：
「半身
著淡紅色
薄紗衣，一起去
看月亮！」

●

薄綾羅帳中，
製造紫色
藤浪的
你的衣服和
我的髮。

●

快來啊，
若有一秒怠慢，
眼前男人嘴唇
不是你的，
我也會吸吮！

●

我不知道
有什麼話
比這更好：
天地間
只愛你一人。

譯者說

與謝野晶子

與謝野晶子（Yosano Akiko，1878-1942），日本現代女詩人。生於大阪附近的甲斐，原名鳳晶，自幼喜好古典文學，中學時接觸現代文學，一九〇〇年加入以與謝野鐵幹為首的東京新詩社，成為「明星派」成員，之後離家到東京與鐵幹同居，並於翌年結婚。終其一生，與謝野晶子生育了十二名子女，寫作了《亂髮》、《小扇》、《舞姬》、《夢之華》、《常夏》、《佐保姬》等逾二十本詩集，並將《源氏物語》等古典日本文學名著翻成現代日文。她的第一本詩集《亂髮》（書名源自前輩女詩人和泉式部的短歌）出版於一九〇一年，收了三百九十九首受其與鐵幹愛情激發的短歌，嶄新的風格與大膽熱情的內容轟動了詩壇，這些短歌為傳統和歌注入新的活力，其浪漫的光環始終為日本人民所敬愛。此處所譯前四首短歌即出於此。

第一首短歌中，抽象、崇高的「不朽」一詞，恰與具體、可感的「乳房」形成強烈對比。第二首短歌提到「三尺袖」女式和服，腋下有開口，是日本未婚女性的禮服。與謝野晶子的密友山川登美子（1879-1909）當初也是她的情敵，她與晶子並稱「明星」雙秀，但最終晶子擄獲了鐵幹。第四首短歌中的「她」顯指山川登美子，「你」則為與謝鐵幹。第五首短歌譯自《小扇》（1904）；第六、七、八首譯自《舞姬》（1906）——第八首詩中，她要情人喚她「半身／著淡紅色／薄紗衣」一起去賞月，另外半身穿的是「月光之衣」，或竟是同被賞的坦露如月光之體？第九首短歌譯自《常夏》（1908），最後兩首譯自《佐保姬》（1909）。

阿波里耐爾

（1880-1918，法國）

航行

你的眼睛是水手，駕馭
那艘自愛之港出發的船
多溫柔啊，每一道
在西班牙緯度的波浪

我心中眾多的潛水艇
航向前去守候
這滿載你熱情目光
喧鬧之合唱的驕傲船隻

譯者說

阿波里耐爾

二十世紀法國第一個大詩人阿波里耐爾（Guillaume Apollinaire，1880-1918），身上可能並無法國血液，他生於羅馬，母親是波蘭裔，父不詳。幼時隨母親搬到摩納哥，在那兒接受法國教育。一八九九年，家遷巴黎。一九〇一年，阿波里耐爾在德國任家庭教師，翌年回到巴黎，開始與畢卡索、夏考白（Max Jacob）、賈希（Alfred Jarry）等年輕藝術家和作家密切交往。他成為藝術界「新精神」的中樞，寫作詩、小說、評論、色情作品以及報紙專欄，全力推展立體派畫家作品。一九一三年出版兩本重要著作：評論集《立體派繪畫》和詩集《酒精集》。一九一四年成為法國公民，並於一次世界大戰爆發後入伍。一九一六年三月，頭部被彈殼碎片擊傷。一九一七年，他的劇本《蒂雷西亞的乳房》上演，「超現實主義者」一詞首度出現在他為此劇寫的序裡。一九一八年，詩集《圖象詩》（*Calligrammes*）出版，包括了多首圖象詩，貫串詩集的是對戰爭的描述以及戀愛的感受，他大膽進行技巧實驗，巧妙運用排版效果，創造出令人驚訝的喜悅。同年十一月，因頭部手術引發的流行性感冒過世。他的一生只活了三十八歲，卻參與了二十世紀初法國藝文界所有的前衛運動，且把詩歌引向未曾探索過的路徑。

此首〈航行〉選自詩集《圖象詩》，是阿波里耐爾於一九一五年十月寄給瑪德琳（Madeleine Pagès）的情詩。瑪德琳是家住阿爾及利亞的年輕小學教師，與阿波里耐爾結識於一九一五年元旦尼斯往馬賽的火車上。在前線當兵的阿波里耐爾寫了許多熾熱的信給她，並且與她訂了婚。此詩靈感來自瑪德琳信中對其從法國回阿爾及利亞之旅的描述。詩人在第一詩節將愛人的眼睛比喻成溫柔領航的水手，在第二詩節將心中無限思念喻為前往守候的潛水艇——透過這種由外而內意象的轉換，期盼愛人歸來之情表露無遺。整首詩頗具超現實的趣味。

佩索阿

(1888-1935，葡萄牙)

她儀態優雅地走來

她儀態優雅地走來，步履
從容不迫，臉上猶帶微笑，
而我，用腦感覺，中規
中矩地作了一首合宜的詩。

在詩中我沒有談到
她，早熟的她，如何
繞過那條街的街角
（那是永恆的街角）。

在詩中我談到了海，
浪和憂傷是我的題材。
重讀此詩讓我憶起
那堅硬的街角，或海水。

戀愛中的牧羊人

（選二首）

春天的月亮高懸夜空。
我想著你，內心飽滿。

輕風拂過曠野吹向我。
我想著你，輕喚你名。我已非我：多快樂啊。

明天你會來，和我一同到原野採花。
我會和你漫步原野，看你採花。

我已然看見你明天和我在原野採花，
但當你明天前來和我一起採花之時，
我的歡喜才確然成真。

如今我感受到愛，
我對香味有了興趣。
以前我對花香毫無興趣，
如今我像發現新事物般嗅聞花香。
我知道花朵從前也芬芳，一如我知道我存在。
我們只是表面上知曉這些事。
但如今我用後腦的呼吸覺察。
現在，花兒散發出我能嗅到的香味。
現在，有時我醒來，未見花即聞其香。

譯者說

佩索阿

佩索阿（Fernado Pessoa，1888-1935），葡萄牙二十世紀最著名的詩人，葡萄牙現代主義文學發展的關鍵人物。生於里斯本，八歲隨擔任外交官的繼父前往南非，因而熟諳英語（他的前三本詩集即以英語寫成）。一九〇五年回到里斯本，從事商業翻譯工作，同時為各前衛雜誌，特別是《奧菲斯》撰稿。他的第一本葡萄牙語詩集直到一九三三年才出版，然而並未引起注意。直到兩年後他去世後，他那龐博豐富的夢幻世界，才引起世人的驚嘆與注目。他死時留下一個皮箱，裡面裝著二萬五千四百二十六件他的作品——包括詩、殘稿、信件、日記。他用七十二個不同筆名（或所謂「異名」）書寫它們，七十二個文學的「他我」，相互批判又相輔相成。這是他在不斷追索自我的過程中，驚人而獨特之舉。他用四個筆名（其中一個為本名）寫作風格截然不同的詩；在寫詩的同時，他創造了詩人。他的詩作既知性內斂又熱情洋溢，既私密又具普遍性，既虛擬又寫實，既單純又繁複，既富宗教虔誠又帶懷疑色彩，既富戲劇張力又具抒情美感。總之，這四個筆名似乎賦予了詩人四副面具，使他得以自由進出四個世界，大膽地進行心靈探險或人性實驗。此處第一首詩〈她儀態優雅地走來〉是他以本名寫成的。詩人以委婉、輕淡的語調回顧生命中某個重大事件。那女孩從他身旁走過，讓他心動，他卻「用腦感覺」，顧左右而言它，若無其事、雲淡風輕的寫了一首「海，／浪和憂傷」的詩，多年後想來始知不合時宜。《戀愛中的牧羊人》（*O Pastor Amoroso*）是他以筆名卡埃羅（Alberto Caeiro）寫成的由八首詩構成的組詩。佩索阿筆下「杜撰」出的詩人卡埃羅，一八八九年生於里斯本，一九一五年去世，一生幾乎都住在鄉下，沒有工作，也沒受過什麼教育，寫作的詩質樸而具有田園風，此處所譯兩首（八首中的第二、三首）即為例證。

密絲特拉兒

（1889-1957，智利）

死亡的十四行詩

他們把你放在冰冷的壁龕，
我要將你挪到卑微明亮的大地。
他們不知道我也要在那裡睡眠，
與你共枕，一同進入夢鄉。

我將讓你躺在明亮的大地，
以母親守護酣睡嬰兒般的蜜意。
大地是軟綿綿的搖籃，
定會接納你孩童般脆弱的身軀。

隨後我會遍灑泥土和玫瑰之粉，
在淡藍、稀薄的月之塵埃裡
將你輕盈的遺骸囚禁。

我會謳歌美麗的復仇轉身離去，
因為再沒有其他的手會伸入這
隱蔽的深處和我爭奪你這撮屍骨。

離去

我的身體一滴一滴地離你而去，
我的臉孔在臨終聖油的寂靜中離去；
我的手在迸散的水銀中離去；
我的腳隨兩行灰塵離去。

全都離你而去，全都離我們而去！

我的聲音離去——它以你為鈴，
除了我們之外對一切保持緘默。
我的表情離去，在你眼前
它們曾經穿梭捲繞，姿態萬千。
固著在你身上的目光在我注視
你，杜松與榆樹的時候離去了。

我帶著你自己的呼吸離開你：
如同蒸氣自你的身體消失。
我在無眠與睡眠中離開你，
並且自你的回想消逝。
在你的記憶裡，消逝如那些
既非生於平原亦非生於樹叢的東西。

我將成為血，而你將在你勞動的
手掌以及嘴中的酒裡找到我。
我將變成你的內臟，燃燒於
我再也聽不到的你的腳步聲裡，
燃燒於像寂寞的海洋般徹夜
瘋狂敲擊的你的痛苦中。
全都離我們而去，全都離我們而去！

譯者說

密絲特拉兒

密絲特拉兒（Gabriela Mistral，1889-1957）智利女詩人，也是拉丁美洲唯一獲得諾貝爾文學獎的女性。十五歲即擔任鄉村教員，曾在智利駐外使館以及「中南美洲國家聯盟」擔任要職，她的名字已成為西班牙美洲女性成就的象徵。她的一生曲折而富悲劇性，詩作是反映她個人哀愁的一面鏡子。一九一四年，她以三首題獻給一位死去男子的十四行詩，在聖地牙哥所舉行的詩賽中贏得首獎（此處所譯是其中第一首）。她的詩多是由強烈情感孕育而成的抒情詩，她寫逝去的愛與孤寂，寫溫柔然憂傷的母性，寫自然與尋常事物的親密對話。她在詩集《絕望》（1922）裡，清楚地描繪出青春期愛戀的激情和憂傷，渴望與絕望，思念與遺忘。對永恆情愛追求的落空，無疑是密絲特拉兒詩作的一大主題。

阿赫瑪托娃

(1889-1966，俄國)

我將離開你的白屋

我將離開你的白屋和平靜的花園。
讓生命趨於空無，明亮。
我將在詩裡頌讚你（而且只頌讚你），
以女人未曾有過之才能。
而你憶起所愛的人，
為她的眼睛你創造了這樂園。
但我買賣稀有貨品——
我出售你的愛和溫柔。

我不乞求你的愛情

我不乞求你的愛情：它已
安然入土，不要再揚起灰塵……
別期待我嫉妒的信
會蜂擁進來折磨你的新娘。
但我還是要對你進忠言：
給她我的詩讓她在床上讀，
給她我的照片讓她留著——新婚時
像那樣善待她是聰明之舉。
因為這些鵝要的是知道自己已
大獲全勝，而非輕鬆甜蜜的談話
或者充滿幸福回憶的蜜月……
當你與你的新人揮霍光

每一絲、每一毫的快樂，
並且像厭膩了的某種口味
你的心認清了後果——
那時，別像一隻小狗
爬進我孤寂的床鋪。
我不認識你。也愛莫能助。
我還在病著快樂呢。

譯者說

阿赫瑪托娃

阿赫瑪托娃（Anna Akhmatova，1889-1966），俄國女詩人。本姓葛連柯，父親堅決反對她從事文學，不許她以家族姓氏發表作品，於是她以韃靼族外祖母的姓氏阿赫瑪托娃為筆名。她於一九一〇年和詩人兼批評家古米廖夫（Nikolai Gumilev）結婚。一九一一年，莫迪里安尼曾為她作十六幅肖像畫。她的前兩本詩集《黃昏》和《念珠》於一九一二和一九一四年相繼出版，引起文壇的注意。她與丈夫及另一名詩人曼德斯譚共同發起阿克梅主義運動（Acmeism）。有感於當時蔚為風潮的象徵主義作品晦澀難懂，這個運動旨在鼓吹創作應清澄明晰。一九一八年，她與古米廖夫離婚；一九二一年，古米廖夫以反革命罪被處決。一如巴斯特納克和當時許多作家，阿赫瑪托娃停止寫詩長達十八年，而以翻譯維生。一九三四年，曼德斯譚被捕，當時阿赫瑪托娃正住在曼德斯譚家裡。在二次大戰期間，她被疏散到塔士干。政治解凍之後，她獲准成為蘇聯作家協會的一員，並且出版詩集。一九四六年，她卻再度受到猛烈抨擊，被作家協會開除會籍，她的兒子也遭逮捕。史達林死後，她獲平反，兒子也獲釋。到了晚年，她的作品再度出現於各刊物，其作家協會會籍也得以恢復。一九六五年，牛津大學頒給她榮譽學位。她大半生都居住在列寧格勒。和巴斯特納克一樣，她的文學造詣、精神力量和勇氣都受人尊重。

阿赫瑪托娃詩作的一大主題是愛情的憂傷與背叛。她服膺阿克梅主義的信念，作品意象精準，敘述具體，情感細膩。她和俄國文化的傳統淵源深厚，這使得她在二〇年代無法像許多同輩作家一樣移居國外（對她而言，離鄉背井是最大的悲劇）。這些傳統顯影在她詩中的意象和語彙裡。她用字簡單，但看似簡單的字詞背後往往藏有多層意義。

曼德斯譚

(1891-1938，俄國)

讓我聽命於你

讓我聽命於你，
像別人一樣
咕噥地預備說話，
嘴乾唇燥充滿妒意。
焦灼的舌頭
連語字都不敢渴望——
對於我，乾燥的空氣因你
不在，再度空虛。

我不再嫉妒，
但我要你。
我彷如劊子手刀下的

行屍走肉。
我不會再稱你為
愛或喜悅。
我自己的血全流失了。
在那兒走動的如今是某樣怪東西。

再過片刻，
我要告訴你：
你給我的不是喜悅
而是折磨。
我被你吸引
如被罪惡吸引——
向你崎嶇的嘴巴，
向你被咬嚙過的軟櫻桃。

回到我身邊。
沒有你，我感到恐懼。
你從沒有像此刻般
那麼強力地讓我屈服。
我看到我渴望的
每一樣事物。
我不再嫉妒。
我呼喚你。

噢，
我真希望能夠

噢，我真希望能夠——
不被人看見——
飛到光之外，
全然消失。

但是你，讓光圈住你——
那是唯一的快樂。
向星星學習
光的意義。

如果那是光，
那純然因為
戀人們的輕聲絮語
強化、溫暖了它。

我想告訴你
我正輕聲低語著，
小卿卿，我正用細語
把你遞給光。

譯者說

曼德斯譚

曼德斯譚（Osip Mandelstam，1891-1938）是古往今來真正傑出的俄國詩人之一。他出生於華沙的猶太中產家庭，童年與青年時代都在聖彼得堡度過。一九〇七年他到巴黎，閱讀了法國象徵派詩作。一九〇八年起開始發表詩作、不久成為阿克梅主義團體的一份子。一九一一年就讀海德堡大學，後來又進入聖彼得堡大學，但沒有畢業。一九一三年他出版第一本詩集《石頭》；一九二二年出版詩集《哀歌》，包含了他的許多傑作。一九二八年，他有三本書出版：一本詩集，一本散文集，一本詩論集。一九三〇年代起，他因為在意識型態與文學態度上明顯不討好當局，開始受到蘇聯政權的迫害。一九三四年他被捕，經過殘酷的審訊後，和妻子被流放到切爾登城（Cherdyn），後來又到渥羅涅日（Voronezh）。一九三七年服刑期滿，回到莫斯科，次年再度被捕。他的死因迄今不明，一九三八年秋天在給妻子的信中，他說他病倒在西伯利亞東部一個轉運營裡；此後再無他的消息。

曼德斯譚的詩具有一種不凡的均衡感，以古典的節制、簡潔、音響豐富享譽詩壇。意念的自由聯想有時顯得混亂，但始終有一種和諧感駕乎其上。他雖然和阿克梅主義有關，卻另闢蹊徑。他的作品結合了極度的內在纖巧與簡單的口語，有時看起來纖細如蝶翼上的色彩，卻自有一種鐵石般的堅實。

瓦烈赫

(1892-1938，祕魯)

我想到你的性

我想到你的性。
我的心跟著簡單了。我想到你的性
在白日成型的嬰兒之前。
我觸到快樂的花蕾，正是盛開時節。
而一個古老的感情死了，
在腦子裡腐爛。

我想到你的性，一個比陰影的子宮
更多產而悅耳的犁溝，
縱使死亡是由上帝親自授胎
生產。
哦良心，

我想到（是真的）自由自在的野獸

它享受它想要、能找到的一切。

哦，夕暮甜蜜的緋聞。

哦無聲的喧鬧。

鬧喧的聲無！

在我們同睡過
許多夜晚的

在我們同睡過許多夜晚的
那個角落，我現在坐下來等著
再走。死去的戀人們的床
被拿開，或者另發生了什麼事情。

以往為別的事情你會早早來到
而現在未見你出現。就在這個角落
有一夜我依在你身邊讀書，
在你溫柔的乳間，
讀一篇都德的小說。這是我們鍾愛的
角落。請不要記錯。

我開始回憶那些失去的
夏日時光，你的來臨，你的離去，
短暫，滿足，蒼白地穿過那些房間。

在這個潮濕的夜裡，
如今離我們兩人都遠遠地，我猛然躍起……
那是兩扇開闔的門，
兩扇在風中來來去去的門
陰影　　對　　陰影。

瓦烈赫

瓦烈赫（Cesar Vallejo，1892-1938），祕魯詩人，二十世紀最重要的拉丁美洲詩人之一。他的詩情感熱烈豐富，技巧上對傳統語言做了革命性的突破。一九一八年出版第一本詩集《黑色的使者》。一九二〇年以「政治騷擾」的罪名被拘禁數月，第二本詩集*Trilce*（1922）的詩作許多即取材於此一重大事件。在這本詩集裡，瓦烈赫實驗了許多前衛的技巧，譬如排版的效果，以及語彙的創建。一九二三年以後的十年，他因對社會及政治運動產生興趣，開始使用其他文學方式表達其意念，寫作了一本社會抗議小說及若干劇本，直到一九三三年後才重新致力於詩的寫作，這些詩在他死後結集為《人類的詩》（1939）。此處譯的兩首詩出自詩集*Trilce*。第一首詩最後一行是前一行的顛倒；第二首詩末，門的開闔有性的暗示，末行「陰影」等字故意排開，加強了「來來去去」的視覺動感。

茨維塔耶娃

(1892-1941，俄國)

這樣的溫柔從何處來？

這樣的溫柔從何處來？
這些並非我第一次摸到的
捲髮；我也熟悉過
比你的唇更暗色的唇。

星光升起而又消隱，
（這樣的溫柔從何處來？）
眼光升起而又逝去，
就在我眼前。

然而，這樣的歌
我未曾在暗夜裡聽過，
（這樣的溫柔從何處來？）

在這裡，在歌者胸前。

這樣的溫柔從何處來？

而我該怎麼辦，狡猾的

少年，偶然路過的歌者？

你的睫毛最長，最長。

我想和你一起生活

……我想和你一起生活
在某個小鎮，
共享無盡的黃昏
和綿綿不絕的鐘聲。
在這個小鎮的旅店裡——
古老時鐘敲出的
微弱響聲
像時間輕輕滴落。
有時候，在黃昏，自頂樓某個房間傳來
笛聲，
吹笛者倚著窗牖，
而窗口大朵鬱金香。
此刻你若不愛我，我也不會在意。
在房間中央，一個磁磚砌成的爐子，

每一塊磁磚上畫著一幅畫：
一顆心，一艘帆船，一朵玫瑰。
而自我們唯一的窗戶張望，
雪，雪，雪。

你會躺成我喜歡的姿勢：慵懶，
淡然，冷漠。
一兩回點燃火柴的
刺耳聲。
你香煙的火苗由旺轉弱，
煙的末梢顫抖著，顫抖著
短小灰白的煙蒂——連灰燼
你都懶得彈落——
香煙遂飛舞進火中。

你曾愛過我

你曾愛過我，以虛假的
真誠，以及誠實的謊言。
你曾愛過我，超乎可能的
一切邊界，超乎天際！
你曾愛過我，比時間似乎
還恒久。而今你揮揮手——
你不再愛我！
這五個字再真實不過。

嫉妒探

你和另一個人過得如何？
日子更單純了吧？船槳划動，
而後長長的海岸線，很快地，
對我的記憶，

便只像漂浮的島嶼了
（在天空，不在水面）：
靈魂，靈魂！你們注定是
姊妹，絕不會是戀人。

你和一名平庸女子
過得如何？失去了神性？
罷黜了王后，

你自己也下了台。

日子過得如何？你煩躁嗎？
你畏縮嗎？你如何起床？
無盡的庸俗的稅務
你應付得了嗎，可憐蟲？

「大吵大鬧歇斯底里——我受
夠了！我要自己租房子住！」
你現在和另一個人過得如何了，
你這位曾是我挑選的人？

更合胃口，更美味嗎，你的
食物？吃膩了可別呻吟。

和一個複製品生活得可好，
你這踐踏西奈山的人？

你和這世上一名陌生人
過得如何？你能（請坦白）
愛她嗎？或者覺得羞愧
彷彿宙斯的韁繩繫在額頭？

日子過得如何？身體
健康嗎？歌唱得如何？
良心發作時（可憐蟲！）
你怎麼應付？

你和那以不合理價格
買來的市場貨，過得如何？
卡拉拉大理石之後，
你和那石膏粉屑

過得如何？（自石塊中鑿出的
上帝，如今被搗得粉碎。）
麗理絲以後，你如何與一名
千萬人般的女人一起生活？

飽餐新鮮感了嗎？
魔棒已然除去，
你和一名沒有第六感的

世俗女子過得

如何？告訴我：你快樂嗎？
不快樂嗎？深淵在望，你過得
如何，親愛的？是不是像
我與另一名男子的生活一樣辛苦？

幽會

在一個人人駝著背
流著汗的世界，
我知道一個人
力氣與我匹敵。

在一個汲汲
營求的世界，
我知道一個人
能耐與我相當。

在一個盡是模子
與常春藤的世界，
我知道一個人——

你——心靈與我
相通。

譯者說

茨維塔耶娃

茨維塔耶娃（Marina Tsvetayeva，1892-1941），與阿赫瑪托娃並為二十世紀最傑出的兩位俄國女詩人。她出生於莫斯科，母親為鋼琴家，父親為藝術史教授，並創立了當今的普希金美術館。她十八歲出版第一本詩集，十九歲嫁給同輩詩人艾弗隆（Sergei Efron）。在俄國大革命爆發前，他們生有二女；革命後，茨維塔耶娃開始經歷二十世紀初葉俄國的動亂與殘暴。在繼之而來的大飢荒年代，她被迫將女兒安置在一間公立的孤兒院，小女兒且因營養不良死於院中。一九二二年，她申請帶著女兒出國找加入白軍陣營的丈夫，一家人先在捷克，後往巴黎，過著流亡生活。一九三七年，茨維塔耶娃的女兒與艾弗隆先後回到俄國，一九三九年茨維塔耶娃也帶著兒子回國，全家團聚，但女兒、丈夫隨即被捕。茨維塔耶娃絕望地發現自己生活的困厄：她與兒子居然連吃都吃不飽。一九四一年她上吊自殺，一個月後艾弗隆也被判死刑遭槍斃。

茨維塔耶娃是一位孤獨、悲苦，卻又敏感、激情的人。詩，以及對某些詩人的熱愛，是她生命中最重要的事。她感情豐富，戀愛不斷，卻少有圓滿結果。一次大戰期間，她與詩人曼德斯譚有過短暫的戀愛，兩人互贈了許多詩（此處譯的第一首詩即是她寫給他的；作曲家蕭斯塔高維契 [Dmitri Shostakovich，1906-1975]，在死前兩年將此詩在內的六首茨維塔耶娃的詩譜成歌曲，即其Op.143）。她曾狂熱、密集地和未曾謀面的里爾克通過信，另一位詩人帕斯特納克更是她一生親密的筆友，精神的戀人。她的詩，一如她的人，極其強韌而具個性，形式靈活，語言多變化，意象強勁有力。帕斯特納克在談及俄國現代詩人時，曾說：「她是我們當中最好的。」一短短一句話，說明了茨維塔耶娃在二十世紀俄國詩壇的地位。

此處譯的第四首詩中，卡拉拉（Carrara）為地名，在義大利西北部，以大理石聞名；麗理絲（Lilith）則是猶太民間傳說中亞當的元配。

馬雅可夫斯基

(1893-1930，俄國)

已經過了一點

已經過了一點。你一定已就寢。
銀河在夜裡流洩著銀光。
我並不急，沒有理由
用電報的閃電打攪你，
而且，如他們所說，事情已了結。
愛之船已撞上生命的礁石沉沒。
你我互不相欠，何必開列
彼此的苦難，創痛，憂傷。
你瞧世界變得如此沉靜，
夜晚用星星的獻禮包裹天空。
在這樣的時刻，一個人會想起身
向時代，歷史，宇宙說話。

譯者說

馬雅可夫斯基

馬雅可夫斯基（Vladimir Mayakovsky，1893-1930），是蘇俄詩人及劇作家，也是政治實踐論者。在二十世紀詩壇上，他扮演著革命性的角色。早在俄國革命之前，他即是活躍的改革主義者，未滿二十歲就有過三次被逮捕、囚禁的紀錄。因為追隨社會民主黨而遭校方開除，未能完成正常教育課程，於是後來改攻藝術，在畫家勃留克（Burlyuk）影響下，他成為俄國未來主義領導者之一。他揚棄一切古典正統，宣稱將把「文字從意義中解放出來」。在俄國十月革命期間，他毅然加入革命行列，設計宣傳海報，口號以及詩歌，並且巡迴俄國境內朗誦。他後來創辦《左翼藝術陣線》雜誌，也經常參與文學論戰。他旅遊的足跡遍及西歐及美洲，且在部分詩中留下了紀錄。但這些外在活動的背後卻隱藏著他那複雜、悲劇性的個人生活。一九一五年他結識了畢利克（Osip Brik）夫婦，愛上了他的妻子莉莉（Lily）。他們之間錯綜的三角關係直到他死時都未能解決。儘管馬雅可夫斯基對一九二五年詩人葉賽寧（Yesenin）自殺的消息感到憤怒、心煩，他自己卻在一九三〇年用手槍結束自己的生命。在他桌上留有一張字條，上面寫著希望大家「不要因為我的死而責怪任何人，也不要閒聊此事」，其中還有「莉莉，愛我」幾個字，並引用了這首詩的第五到第八行。從這封遺函我們可看出莉莉在其心中的地位，詩中「愛之船已撞上生命的礁石沉沒」，顯然是他與莉莉關係的寫照。這首〈已經過了一點〉可能是馬雅可夫斯基生前最後一首詩，是他未完成的一首長詩的一部份。馬雅可夫斯基雖不願自己的死成為世人閒談的話題，一般人仍不免猜測他是為私人因素而自殺。

馬雅可夫斯基死後，他在莫斯科的寓所被改建成展示其生平事蹟及作品的博物館，他所住的街改名「馬雅可夫斯基巷道」，原來的凱旋廣場亦改名為「馬雅可夫斯基廣場」，中央立有巨大的馬雅可夫斯基銅像。一九三五年，史達林追封他為「蘇維埃世紀最具才氣的詩人」。然而去除這些政治光環，馬雅可夫斯基骨子裡其實是一個抒情詩人，如同他辭世前這首短詩所顯現。

艾呂雅

(1897-1952，法國)

戀人

她立在我的眼簾上
她的髮在我的髮裡
她的形狀像我的手
她的顏色像我的眼睛
她被我的影子吞沒
如同石頭融入天空

她的眼睛永遠睜開
她也從不讓我入睡
她的夢在大白天
把太陽化作蒸氣
讓我笑笑哭哭又笑笑
在沒有話說時說話

愛你是我唯一的慾望

愛你是我唯一的慾望
一場暴風雨占滿整個山谷
一尾魚占滿整條河

我把你造得和我的孤獨一樣大
整個世界好讓我們躲藏
日日夜夜好讓我們相互了解

讓我在你眼裡見不到其他東西
除了我對你的想像
除了你影像造成的世界
以及你的眼簾操控的日日夜夜

吻

褪去的亞麻衫溫熱猶在
你闔上雙眼，你輕顫
輕顫如一首歌，朦朦
朧朧誕生卻來自四方

芬芳而怡人
你超越你身體的邊界
卻未喪失你自己

你已然跨越時間
眼前的你是全新的女人
向無限空間展現

譯者說

艾呂雅

艾呂雅（Paul Eluard，1897-1952），法國詩人，這位經歷過肺疾與第一次世界大戰的折磨的詩人，曾是達達主義的一員，後投身超現實主義；在二次大戰期間，他隨好友畢卡索加入共產黨。他與浪漫、象徵主義劃清界線，拒絕把詩當作是作者對自身孤寂自憐自艾的產物。他說：「詩與藝術的意義，在於它們是打倒世界與個人、他人與自我之間的藩籬的一種手段。」他認為詩人絕不該凝視自己，應以他人為鏡。

參與超現實主義運動，使他對夢境以及潛意識產生了強烈的興趣；一如超現實主義健將布魯東，他認為愛應該是詩作的主題，而女人應該受到歌讚，因為她們是神秘的詮釋者。對他而言，愛情是一股強大的吸引力，可使兩個人經由肉體的愛撫達成全新的、深刻的了解，共同對抗充滿苦難的外在世界。

在他的愛情詩裡，他歌讚女體——頭髮、眼瞼、唇、乳房——在他筆下，親吻具有奇異的純真美感，情慾獲得提昇，精神和肉體共生互動。

羅爾卡

（1898-1936，西班牙）

安帕蘿

安帕蘿，
穿著白衣
獨自坐在家中！

（茉莉花與月下香
之間的平分線）

你聽到院子裡
美妙的泉水聲，
以及金絲雀
微弱、黃色的
鳴囀。

在午後你看見
絲柏樹隨鳥兒們顫動，
你緩緩地在畫布上
刺繡字樣。

安帕蘿，
穿著白衣
獨自坐在家中！

安帕蘿，
多難以說出：
我愛你！

啞小孩

小孩在尋找他的聲音。
（蟋蟀王取走了它。）

小孩在一滴水裡
尋找他的聲音。

我並不想用它來說話；
我要用它做個戒指
讓我的沉默
戴在他的小指頭上。

小孩在一滴水裡
尋找他的聲音。
（被擄走的聲音，遠遠地，
穿上了蟋蟀的衣服。）

可怖的存在之歌

我要水找不到河床，
我要風找不到山谷。

我要夜失去眼睛，
而我的心失去金色花朵。

讓公牛和巨葉交談，
而蚯蚓死於陰影。

讓牙齒在頭顱中閃耀，
而絲綢染成黃色。

我可以看到受傷的夜
奮力與正午纏鬥對決。

我忍受流著綠毒液的夕暮
與那些折磨時間的破裂拱門。

但不要亮出你光潔的裸體
如黑仙人掌綻放於蘆葦叢裡。

置我於對幽暗星球的渴望中，
但不要明示我你清涼的腰身。

橫臥的女子之詩

看到裸體的你讓人憶起大地。
平滑的大地，馬群消跡匿影。
沒有蘆葦的大地，絕後的
純粹造型：銀之疆界。

看到裸體的你讓人明瞭那
追求纖弱身材的雨的慾望，
或者海的熱望，當它巨大的
臉找不到臉頰上的光。

血將迴響過每一間臥室，
帶著閃耀的劍到臨，

但你不會知道蟾蜍的
心或紫羅蘭藏在哪裡。

你的腹部是一場根的爭鬥，
你的嘴唇是模糊的黎明，
在床鋪微溫的玫瑰花下
死者呻吟，等著上場。

譯者說

羅爾卡

羅爾卡（F. G. Lorca，1898-1936），西班牙二十世紀最耀眼的詩人。他多才多藝，不但是詩人、劇作家、演員、畫家，同時能作曲，善彈吉他，常即興創作吟詠。他的詩將傳統（如吉卜賽歌謠）與現代（如超現實手法、心理分析）兩種質素結合，節奏鮮明強烈，音樂性極強，情感深沉充沛，且帶幾分悲劇色彩。他的詩作既具政治性、社會性，也側重心理層次的描寫，以獨特風格唱出安達魯西亞人民的苦難與生命力。他出生於格拉納達富有的地主家庭，在選擇以寫作為專業前，在格拉納達大學攻讀文學與法律。一九一九年，他前往馬德里準備投入藝文戲劇工作，結識了達利、阿爾維蒂（Alberti）、布紐爾、聶魯達等前衛人物。一九二八年出版詩集《吉卜賽歌謠》（*Romancero gitano*），讓他迅速知名於所有說西班牙語的地區。一九二九年到紐約訪問六個月，寫成了超現實風的《詩人在紐約》（*Poeta en Nueva York*）。一九三六年西班牙內戰前夕，他與詩人阿爾維蒂組織反法西斯聯盟，旋即遭法朗哥手下逮捕殺害。他的死引起全世界注意，名聲因而傳遍各國。

此處第一首〈安帕蘿〉譯自一九二一到一九二二年間完成，一九三一年方正式出版的《深沉之歌之詩》（*Poema del cante jondo*）。「深沉之歌」是流行於西班牙安達魯西亞地區的吉卜賽佛萊明哥（flamenco）歌謠的一種。羅爾卡曾說佛萊明哥是從第一聲哭泣和第一個吻中產生的。羅爾卡的詩，幾十年來不斷被安達魯西亞的歌者傳唱著，從佛萊明哥來，又回到佛萊明哥去。佛萊明哥可大別為兩類：描寫死亡、絕望、愛、悲苦……的「深沉之歌」，以及描寫愛情、鄉村生活或歡樂的「輕鬆之歌」。「深沉之歌」歌詞簡單，旋律自由變化，充滿戲劇性與表現力，可謂發自生命深淵，內心深處之歌。羅爾卡吸收了佛萊明哥歌謠的特有節奏，創作成富有民間色彩的詩歌，這首簡單、動人又微妙的〈安帕蘿〉即是一例。到底是說話的詩人不敢向女孩安帕蘿說「我愛你」，還是安帕蘿自己難以啟齒？第二首〈啞小孩〉選自一九二一到一九二四年間寫成的《歌集》（*Canciones*），是非常可愛的小詩，小情詩——對尋找聲音的啞小孩的愛，對神祕世界的愛。最後兩首選譯自一九三四年出版的《塔馬里特波斯詩集》（*Diván del Tamarit*）一書。〈可怖的存在之歌〉採用抒情詩 *gacela* 的形式寫成。*gacela* 即 *ghazal*，原為波斯詩歌的一種形式，由五至十五個對句（couplet）組成，中心主題是愛，尤其是不合禮法，無法結合，沒有回報的愛。說話者通常是付出卻得不到回報的痴情者，深知如此卻無悔地接受此宿命的苦情人。此詩的說話者企圖進一步地自此種痛苦中萃取美感，將愛情從肉體的層面提升到精神的層面，然而隱忍的相思之苦却在字裡行間流竄，讀之令人神傷。〈橫臥的女子之詩〉則仿波斯詩歌 casida 此一微型頌歌形式寫成，將女體與大地相比擬，在炫目的超現實意象間透露安達魯西亞濃厚的泥味和神秘、激情，愛與死相連的氣氛。

梅瑞列絲

(1901-1964，巴西)

我將遠遠地愛你

我將遠遠地愛你
——隔著冷靜的距離
讓愛成為想望
而激情轉為堅貞。

自神聖的遠處愛你，
領受不見愛人存在
愛情反而永恆的
存在的喜悅。

誰需要解釋
玫瑰綻放的瞬間
與其芬芳，它纖柔

無言地讓人折服。

而在海底深處
星星，無需蠻力，
以其無亮光的倒影
證實自身的存在。

譯者說

梅瑞列絲

梅瑞列絲（Cecília Meireles，1901-1964），巴西現代主義運動代表人物，公認巴西最傑出的女詩人，也是葡萄語詩歌界偉大女詩人之一。出生於里約熱內盧，她初期的創作頗受到法國象徵主義的影響，但她很快地擺脫了象徵主義而回歸到伊比利亞的傳統，追求一種非常個人的詩藝術。與她大多數的同時代詩人頗不相同，她的作品可以說是純然的抒情，不帶任何社會、政治或種族的色彩。

這首〈我將遠遠地愛你〉詠歎一種純粹、純淨的「昇華之愛」——不受肉體慾望的束縛，渴求神聖與永恆——一種近乎純粹冥想，不被時空所限的愛。葡萄牙語詩歌自來彰顯一種名之為 Saudade（勉強譯做「渴望」或「想望」）的質素。Saudade 是相當微妙的葡萄牙語，是一種「交織著渴望的回憶，歡喜的回憶，鄉愁，思舊的情懷」，是「對原本可能擁有卻落空之事物的渴望，對未能實現之希望與夢想的痛切嚮往。對不存在且無法存在的事情、對眼前得不到的事物，所懷抱的一種模糊但持續的想望……不是主動的不滿，而是一種慵懶、夢幻似的渴切」。一言以蔽之，Saudade 是渴望，對無法定義的不確定事物的渴望，對渴望無限制的耽溺。梅瑞列絲在這首詩裡告訴我們：對美、對愛的玄想自身即是最完滿的回報。這樣的愛——其「過程」即其「目的」——在從遠處遙遙渴望、想望時獲得體現，此經驗比愛情自身更令人愉悅。

聶魯達

(1904-1973，智利)

今夜我可以寫出

今夜我可以寫出最哀傷的詩篇。

寫，譬如說，「夜綴滿繁星，
那些星，燦藍，在遠處顫抖。」

晚風在天空中迴旋歌唱。

今夜我可以寫出最哀傷的詩篇。
我愛她，而有時候她也愛我。

在許多彷彿此刻的夜裡我擁她入懷。
在永恆的天空下一遍一遍地吻她。

她愛我，而有時候我也愛她。
你怎能不愛她專注的大眼睛？

今夜我可以寫出最哀傷的詩篇。
想到不能擁有她。感到已經失去她。

聽到那遼闊的夜，因她不在更加遼闊。
詩遂滴落心靈，如露珠滴落草原。

我的愛不能叫她留下又何妨？
夜綴滿繁星而她離我遠去。

都過去了。在遠處有人歌唱。在遠處。

我的心不甘就此失去她。

我的眼光搜尋著彷彿要走向她。
我的心在找她，而她離我遠去。

相同的夜漂白著相同的樹。
昔日的我們已不復存在。

如今我確已不再愛她，但我曾經多愛她啊。
我的聲音試著借風探觸她的聽覺。

別人的。她就將是別人的了。一如我過去的吻。

她的聲音，她明亮的身體。她深邃的眼睛。
如今我確已不再愛她。但也許我仍愛著她。
愛是這麼短，遺忘是這麼長。

因為在許多彷彿此刻的夜裡我擁她入懷，
我的心不甘就此失去她。

即令這是她帶給我的最後的痛苦，
而這些是我為她寫的最後的詩篇。

有阿都尼克格韻律的詩

今天我躺在一位純真姑娘身旁，
彷彿躺在白色海洋的岸邊，
彷彿置身悠悠太空一顆
　燃燒的星中央。

自她悠長綠色的凝視裡
光線落下如乾燥的水，
形成透明深刻的圓圈，
　充滿鮮活力量。

她的乳房有如兩團烈火
燃燒在兩個高突的地帶，

經由雙重小溪流抵她
　大而明亮的腳。

金黃的氣候剛使她
身體白晝的經度成熟，
就讓它佈滿累累的果實
　以及隱藏的火。

鰥夫的探戈

哦冤家，你現在一定已發現了那封信，
你一定已侮辱了我母親的記憶，
咒罵她為腐朽的母狗和狗娘，
你一定又在黃昏獨自，獨自一人喝著下午茶，
兩眼盯著我那雙早已不穿的舊皮鞋，
一想起我的病痛，我的惡夢，我的三餐，
你一定又高聲詛咒，好像我就在那裡
埋怨熱帶氣候，埋怨笨拙的苦力，
埋怨那害我受苦的煩人高熱，
以及我始終痛恨的醜陋的英國人。

冤家，哦，多麼難挨的夜晚，多麼寂寞的大地！
我又一次回到寂寥的臥房，

在餐館裡吃冰冷的午餐，又一次
我把褲子和襯衣拋落一地，
我的房裡沒有掛衣的吊鉤，牆上沒有任何人的照片。
我多麼願意用我靈魂中的陰影去換取你的歸來，
每一個月份的名稱威脅著我，
而冬天這個字眼多像哀傷的鼓聲。

以後你將會在那株椰子樹旁找到那把
我唯恐你殺害而將之藏起的刀子，
現在我突然很想嗅一嗅它那鋼製廚具的味道——
它習慣你手的重量和腳的光澤：
在潮濕的泥土下，在失聰的根部之間，
在所有人類的語言之中，這可憐蟲只認識你的名字，

而厚積的泥土不能理解你那
用不可解的神聖質地所構成的姓名。
正如想起你雙腿間清澈的白晝——
安放如寂靜冷酷的太陽之水，
想起你眼中安睡飛翔的燕子，
想起你心中狂怒的瘋狗令我心痛，
我也看到了今後橫在我們中間的無數個死亡，
我從空氣中呼吸灰燼和毀滅，
永遠環繞我狹長，孤寂的空間。

我願意用這巨大的海風去交換你那
隨著馬皮鞭的抽打聲而湧現的嘶啞的呼吸——
在許多個漫長的夜晚我聆聽而不能忘懷。

為了聽，在後屋裡，你那
滴落如瘦小，顫抖，銀色，執著的蜂蜜的撒尿聲，
我願意千百次放棄我所擁有的陰影合唱隊，
我內心聽到的無補於事的劍擊嘈雜聲，
以及獨坐於我眉間的血鴿——
它呼喚著逝去的事物，逝去的事物，
那不可分離卻又失落的質素。

假如我死了，請你以純粹的

假如我死了，請你以純粹的力量繼續存活，
好讓蒼白和寒冷怒火中燒；
請閃動你那無法磨滅的眼睛，從南方到南方，
從太陽到太陽，直到你的嘴歌唱如吉他。

我不希望你的笑聲或腳步搖擺不定，
我不希望我的快樂遺產亡失；
別對著我的胸膛呼喊，我不在那兒。
請你像住進房子一樣，住進我的離開。

離開是如此巨大的房子，
你將穿行過牆壁
把圖畫掛在純然的大氣之中。

離開是如此透明的房子，
即便死了，我也將在那裡看著你，
倘使你受苦，親愛的，我將再死一次。

性

暮色中的門，
夏季。
最後一批經過的
印第安人的木輪大車，
閃爍的光
以及著火的森林的
煙霧，
帶著紅色的味道
直飄到街上，
遠處火災的
灰燼。

我，悲痛傷感，

心情沉重，
恍惚，
短褲，
瘦腿，
膝蓋
與眼睛期待著
意外的寶物，
羅茜塔和何塞芬娜
在街的
對面，
露齒睜眼，
光彩熠熠，以有如隱藏的

小吉他般的聲音
呼喚我。
我走過
街，迷惑，
恐懼；
我一到
她們就
對我低語，
抓著我的手，
蒙住我的眼，
帶著我以及
我的童貞一起
奔向麵包房。

沉默的大桌子，莊重的
麵包之所，空無一人；
在那裡，她們兩個
與我——先落入
羅茜塔之手，
後落入何塞芬娜
之手的囚犯。
她們想脫掉
我的衣服，
我逃開，顫抖著，
但我跑
不動，

我的腿
不聽我
使喚。接著
這兩個妖女
在我眼前
變出
奇蹟：
一個有五顆小蛋的
小野鳥的
小巢，
五顆白葡萄，
林野生活的
微小

聚落，
我把手伸向
前去
而
她們亂弄我衣服，
撫摸我，
張大眼睛審視
她們第一個小男人。

沉重的腳步聲，咳嗽聲，
我爸爸跟著
一些陌生人
到來，

我們跑進
黑暗深處，
兩個海盜
與我——她們的囚犯，
在蜘蛛網之間
擠作一團，
緊緊抱著
在一張大桌子下，心驚膽跳，
而那奇蹟，
那有著五顆天藍色小蛋的
小巢
落地，它的香氣和結構
終被入侵者的腳壓碎。

但，連同陰暗中的
兩個女孩
和恐懼，
連同麵粉的味道，
幽靈似的腳步聲，
逐漸暗去的黃昏，
我感覺某樣東西
在我的血液裡
有了變化，
一朵帶電的
花
升向我的嘴
我的手，

飢餓而
純淨的
慾望
之
花。

情歌

我愛你我愛你，如是我歌，
我要開始唱一首呆呆的歌。

我愛你我愛你，我的心肝，
我愛你我愛你，我的野葡萄藤，
如果愛像葡萄酒，
從你的手到你的腳
都是嗜飲你的我的最愛；
你是我來世的葡萄酒杯，
我命運之瓶。

向前向後我都愛你，
而我沒有好音質或好音色

為你唱這首歌，
這首唱不停的歌。

在我走調的提琴上
我的琴聲如是訴說：
我愛你我愛你，我的低音提琴，
我黑而亮的美女，
我的心，我的齒，
我的光，我的湯匙，
我黯淡日子裡的鹽，
我窗玻璃上的皎月。

聶魯達

一九七一年諾貝爾獎得主智利詩人聶魯達（Pablo Neruda，1904-1973），是二十世紀最偉大的拉丁美洲詩人。他的詩作極豐，詩貌繁複，既個人又公眾，既抒情又史詩，是世界各地讀者取之不盡的智慧和喜悅的泉源。

一九二四年，《二十首情詩和一首絕望的歌》出版。這本詩集突破了現代主義和浪漫主義的窠臼，可說是拉丁美洲第一批真正的現代情詩。這些情詩記錄著年輕詩人的心路歷程——他和女人、世界接觸的經驗，個人的慾望、激情，寂寞，內在疏離，愛情的美麗與哀愁——傳達出詩人企圖透過愛情進行心靈溝通的渴望。〈今夜我可以寫出〉即是一例。

一九二七年，聶魯達被任命為駐緬甸仰光的領事，此後五年都在東方度過。在那些當時仍是英屬殖民地的國家，聶魯達研讀英國文學，開始接觸艾略特以及其他英語作家的詩作。語言的隔閡、文化的差距、剝削和貧窮的異國現象，讓他異常苦悶孤寂。他把孤絕注入詩作，寫下詩集《地上的居住》中的許多詩篇。這些詩作可說是精神虛無期的產品，呈現出一個無法溝通，逐漸瓦解的世界。詩人依舊試圖從與異國女子的性與愛中尋求慰藉。〈鰥夫的探戈〉一詩寫給其緬甸時期的情人布莉斯（Josie Bliss），「鰥夫」一詞在此只是比喻：一個孤獨的男子——棄暴力情人而去，又難捨用以治療內心孤寂的床笫之歡。〈有阿都尼克格韻律的詩〉一詩亦出於《地上的居住》，但風格較近《二十首情詩》，此詩每節以五或六音節的「阿都尼克格」（adonic）詩行終結。在以聶魯達為主人翁的電影《郵差》（*Il Postino*, 1995）原聲帶中，我們可以聽到影星安迪・賈西亞和威廉・達福分別朗誦〈今夜我可以寫出〉和此詩。

一九五九年，題獻給第三任妻子瑪提爾德的《一百首愛的十四行詩》出版。五十歲的詩人在歷經社會和政治滄桑之後，終於找到了歇腳的地方。整本詩集在甜美滿足之中夾雜著幾分苦澀與寂寥，對生命苦樂參半的深刻認知，對現實陰影無所不在的威脅的體認，賦予這些情詩更豐富的質地，更繁複的色澤，〈假如我死了，請你以純粹的〉即是佳例。

〈性〉一詩選自詩集《黑島的回憶》（1964），生動記錄了少年聶魯達的情慾啟蒙。最後一首〈情歌〉，譯自聶魯達死後出版的詩集《黃色的心》（1974），是一生寫作情詩無數的情聖聶魯達的另類情詩：愛到深處人癡呆，「唱一首呆呆的歌」，反覆說「我愛你我愛你」，可能就是癡情的戀人最誠懇也最誠實的情歌了。

侯蘭

(1905-1980，捷克)

電梯之會

我們步入電梯。僅我們二人。
我們互相對視，如是而已。
兩個生命，一剎那，完滿，幸福。
在第五樓她走出去，而我繼續往上，
知道我將永遠無法再見到她，
知道這是一生唯一的會面，
如果我尾隨她，我會當場死去，
如果她回身向我，
那也像是來自另一個世界。

譯者說

侯蘭

捷克詩人侯蘭（Vladimir Holan，1905-1980）生於布拉格，當過公務員、藝術評論編輯，一九四〇年之後，專事寫作。他出版過二十本詩集，四本散文集，也翻譯過里爾克、波特萊爾、龍薩等人以及一些中國作家的作品。一九六五年，他獲頒最高榮譽捷克文學獎；一九六六年，以《與哈姆雷特共度一夜》一書再獲國際詩獎。

〈電梯之會〉讓人想起濟慈〈希臘古甕頌〉中的詩句：「勇敢的戀人，永遠永遠不要親吻，／雖然目標幾乎一蹴可幾——但無需憂傷；／她不會枯萎，雖然無福一親芳澤，／但你永遠愛戀，而她永遠美麗！」捕捉完美幸福的剎那，留下不滅的記憶，體現了「騰出距離才有美感」的人生美學。

米沃什

（1911-2004，波蘭）

相逢

黎明時我們乘著馬車穿過冰封的田野。
一隻紅翅膀在黑暗中升起。

而突然一隻野兔從路上跑過。
我們中有一人用手指著它。

那已經很久了。今天他們都已不在世間，
那隻野兔，或者那比手的人。

噢，親愛的，它們何在，它們去向何方，
那手的一閃，那行動的飛馳，那卵石的沙沙聲。
我詢問，並非出自悲傷，而是感到驚奇。

禮物

多快樂的一天。
霧早散了，我在花園裡工作。
蜂鳥停在忍冬花上。
這世上沒有什麼東西我想擁有。
我不知道有什麼人值得我嫉妒。
不論遭受過什麼不幸，我都已忘記。
想到今昔我並無兩樣，並不讓我難為情。
我身上沒有什麼痛苦。
挺起腰，我看見藍色的海和帆。

告解

主啊，我愛草莓醬
和女人肉體的暗香。
還有冰透的伏特加，加橄欖油的鯡魚，
肉桂、丁香的氣味。
所以我算哪門子先知？聖靈幹嘛要
造訪這樣的人？其他許多人
有理蒙你榮召，且信實可靠。
誰何曾信任過我？因為他們知道
我是多麼地貪杯，嗜食，
貪婪地瞄視女侍的頸部。
滿是缺點，也心知肚明。我渴求偉大，
認得偉大，不論它藏身何處，
但並不是非常，只是略略，具有洞察力，

我知道像我這樣的小人物還能求些什麼：
短暫希望的盛宴，驕傲者的集會，
駝背者的競賽，文學。

譯者說

米沃什

米沃什（Czeslaw Milosz, 1911-2004）出生於立陶宛，是二十世紀波蘭著名詩人，小說家，評論家，兼翻譯家。在納粹佔領波蘭期間，他曾參與地下工作，秘密編印了一本反納粹的詩集，並且寫作《可憐人民的聲音》，題獻給壓迫下的受難者。一九五一年，米沃什離開祖國，在法國尋求政治庇護，開始了他的流亡生涯，居留美國，在加州大學教授斯拉夫文學。一九八〇年，他獲頒諾貝爾文學獎。晚年復回歸波蘭，二〇〇四年八月十四日病逝於波蘭南部克拉科夫（Krakow）家中，享年九十三歲。

米沃什於一九三〇年代初期即開始發表詩作，是「第二前衛」的中堅詩人。他認為歷史是一場災難，早期詩作常以預言者的姿態流露出悲觀的情緒，以及對人類命運的擔憂，所以被歸為「災難詩人群」。他的詩作題材廣泛地觸及了政治、哲學、文化、歷史諸多層面，詩的風格也頗為多樣，有時具有古典主義的節制，有時富有象徵主義的繁複。他善用典故和比喻，詩作含豐富的哲理，批判的精神，有雄辯的氣勢，有諷刺的機智，也有自嘲的幽默。儘管他的詩作或多或少帶有絕望、虛無的色彩，但好的詩人當能自絕望中提煉肯定的質素。米沃什做到了；他深知人類的侷限和盲點，但他努力抓住生命的價值，肯定生存的尊嚴和神聖。

此處選譯的是——幾乎無須多做解釋的——他的三首極動人的抒情詩，歌頌愛，也歌讚、悲嘆生。

帕斯

(1914-1998，墨西哥)

兩個身體

面對面的兩個身體
有時候是兩片浪
而夜是海洋。

面對面的兩個身體
有時候是兩顆石頭
而夜是沙漠。

面對面的兩個身體
有時候是兩條根
盤纏入夜。

面對面的兩個身體
有時候是兩隻小刀
而夜敲擊火花。

面對面的兩個身體
有時候是兩顆流星
在虛無的空中。

互補

在我的體內你找尋山陵
找尋埋葬於樹林中的它的太陽。
在你的體內我尋找
遺失在夜半的船隻。

接觸

我的手
揭開你個體的簾帷
把你籠罩在更徹底的赤裸裡
撥開你身體外的許多身體
我的手
替你的身體創造出另一身體

如同聽雨

聽我，如同聽雨，
不專注，不分神，
輕盈的腳步，瘦削的細雨，
水是空氣，空氣是時間，
白日仍在離去，
夜晚尚未到臨，
霧的輪廓
繞過街角，
時間的輪廓
在暫停的彎處，
聽我，如同聽雨，
無須聆聽即聽到我說的話，
心眼張開，熟睡

然而五官俱清醒，
雨正下著，輕盈的腳步，呢喃的音節，
空氣和水，沒有重量的文字：
我們的過去和現在，
日與年，此時此刻，
無重量的時間，沉重的憂傷，
聽我，如同聽雨，
潮濕的柏油在閃耀，
蒸氣升起又散開，
夜包圍且注視我，
你是你和你蒸氣的軀體，
你和你黑夜的臉孔，
你和你的頭髮，舒緩的閃電，

你越過街道進入我的額頭，
水般的腳步越過我的雙眼，
聽我，如同聽雨，
柏油在閃耀，你越過街道，
那是霧，在夜間漫遊，
那是夜，在你床上熟睡，
那是你氣息中洶湧的波浪，
你水般的手指弄濕我的額頭，
你火焰般的手指燃燒我的眼睛，
你大氣般的手指打開時間的眼瞼，
幻想和復活的泉水，
聽我，如同聽雨，
年歲走過，時刻歸來，

你聽到你在隔壁房間的腳步聲嗎？
不在這兒，不在那兒：你聽到它們
在另一個現在的房間，
傾聽時間的腳步，
沒有重量、沒有地點的地方的發明者，
聽雨流過平台，
夜在樹叢更夜了，
閃電依偎葉間，
不安的花園漂泊——進入，
你的影子蓋住了這一頁。

譯者說

帕斯

一九九〇年諾貝爾獎得主帕斯（Octavio Paz，1914-1998），是墨西哥詩人，也是二十世紀拉丁美洲最偉大的詩人之一，有「詩界的波赫士」之稱。

文字對帕斯始終具有相當的魔力，他懂得運用文字，創新文字；他是文字的駕馭者，也是文字的創造者。他認為一首詩是「迴響的空間」，它投射出一撮符號，而這些符號正是意念的泉源。他不認為一首詩是情感的直接表達；他注重字與字，片語與片語，句與句之間的投射和迴響。他擅長以簡潔、明澈的意象捕捉生命萬象，其詩清新可喜，充滿哲思。

乍讀帕斯的詩，讀者會覺得抓住了一些意象，但細讀之後，會發現各意象間似乎充滿了多種詮釋的可能，至於其意涵為何，則有待讀者各憑想像、感性或知識去推敲了，因為帕斯忠於他的詩觀：不「說」，而只是「呈現」。因此「面對面的兩個身體」，是兩個戀人陰陽交合的小宇宙，也是海洋、沙漠、火花、流星般湧動或靜止的宇宙風景。

帕斯認為人是支離破碎的個體，唯有透過詩歌、神話的構築，性愛，和人際的溝通才能超越孤寂，使之完整，如〈互補〉。疏離和溝通是帕斯詩中所關注的主題，而「接觸」正是創造全新人際關係的有效手段。

〈如同聽雨〉是帕斯一九八七年出版的詩集《內在的樹》中的一首情詩，我們看到純熟、內斂，充滿活力與靈視，不疾不徐，清澈自在的晚年的帕斯，如何在步入老境，逐漸面對死亡之際，以神祕的靈視，清明的頓悟，化解明暗、生死、時間過去與時間未來等種種對立。透過寧靜的沉思，以及對愛的信賴，詩人卻除了死亡的恐懼，讓光與陰影，現象與抽象，過去、現在與未來，神祕地交流。

帕拉

（1914-2017，智利）

給一位不知名女子的信

當歲月流逝，
當歲月流逝而風已然在你我的
靈魂之間掘了深坑；當歲月流逝
而我只不過是一個曾經愛過的人，
在你的嘴唇前曾經駐留片刻，
一個倦於行走過花園的可憐者——
那時你會在哪裡？你
會在哪裡，受我之吻的女孩？

譯者說

帕拉

帕拉（Nicanor Parra，1914-2017），是聶魯達之後智利另一位重量級詩人，對現代拉丁美洲文學極具影響力。出身數學家和物理學家，帕拉對詩學的貢獻在於他的「反詩」理論。他抱持的理念是：「藝術家的功用在於鮮明有力地呈現自身經驗，不該妄下任何評論斷語。」他揚棄繁複華麗的修辭，以平實直接的敘說方式，以簡單的生命情態或人類境況呈現出發人深省的嚴肅主題。一九五四年出版的《詩與反詩》是其最重要詩集，本詩即出於此。

他活了一百零三歲，而依然「歲月流逝」……。

伊莎諾絲

(1916-1944，羅馬尼亞)

杏樹

今天早晨我醒來
因為窗戶上不耐煩的刮搔聲，
那株在夜裡盛開的杏樹
手指一般的枝枒。

起初我沒有認出他
在如此豐美燦放的純白和淡紅之中。
我以為是天使撲身而下
在樹上折斷了她的翅膀。

那有可能不是杏樹嗎？我心裡想著。
被我的靜默惹惱了
它用開著花的枝幹劃破我的臉頰。

然後我看到了他。
我愛戀的童年友伴。

我不後悔

我不後悔我們的愛的故事，
但如此悲傷而陌生，我感覺
彷彿一根異常纖細而美麗的
絲，自我身上被割斷。

我甚至記不起何時，何處，
彷彿在夢中熟睡，而
突然發生了，讓我吃驚，
自問這一切是否屬真。

譯者說

伊莎諾絲

伊莎諾絲（Magda Isanos，1916-1944）羅馬尼亞女詩人。她罹患肺結核，飽受病痛之苦，作品中不時流露極為細膩的情感，浪漫中帶著哀愁，苦澀中帶有甜美。她的早逝讓一個文采洋溢的聲音從此沉寂，是詩壇一大損失。伊莎諾絲的詩作多半死後才出版：一九四五年的《山脈的天空》，一九四六年的《光的國度》，以及一九四八年的《詩集》。〈杏樹〉一詩以含蓄內斂的筆觸，虛實交錯的敘述手法，寫出心中的愛戀。張牙舞爪的枝幹是愛情蔓生的觸角，燦放的杏花是愛戀豐美的色澤，而被劃破的臉頰則象徵隨愛而來的惶惑和苦惱。

魯澤維契

(1921-，波蘭)

一首現代情詩的草稿

的確透過灰色描寫白色
最是貼切
寫鳥透過石頭
寫向日葵
在十二月

從前的情詩
描寫肉體
寫東寫西
譬如說眼睫毛

當然紅色
應該透過灰色
來描繪太陽透過雨

罌粟在十一月
唇在夜晚

對麵包
最鮮明的描寫
是飢餓的描述
其中涵蓋了
潮濕多氣孔的中央
溫暖的內部
夜晚的向日葵
西柏莉女神的胸脯腹部大腿

對水

要有泉源般
透明的描寫
就寫口渴
寫灰燼
寫沙漠
它召喚出海市蜃樓
雲彩和樹木進入
水鏡中

剝除飢餓
肉體
闕如
是現代情詩裡
對愛的描寫

譯者說

魯澤維契

魯澤維契（Tadeusz Rozewicz，1921-）是波蘭戰後與赫伯特、辛波絲卡鼎足而三的大詩人。他揚棄過剩的詞藻，以節制但有力的「散文體」改變了波蘭詩的感性質地。他說：「二次大戰期間，在極權制度所創造的集中營中，詩歌停止了舞蹈。」他的語調和用字雖淡，然有味，對暴力和空虛有著深刻的體認。他想創作的「不是詩歌，而是事實」。他寫人生的衝突矛盾——生與死，絕望和喜樂，紊亂與秩序。一九八〇年諾貝爾文學獎得主米沃什曾如此描述他：「魯澤維契是一個對秩序充滿鄉愁的混亂詩人。」

這首〈一首現代情詩的草稿〉藉現代世界裡愛的闕如（「剝除飢餓，肉體闕如」），反過來定義愛：愛應該有渴望（「飢餓」），應該有感覺（「肉體」），但這些在現代情詩裡似乎都不見了。這是一首有關闕如、空無的詩。「闕如」代表某樣無法企及，但依然存在的事物。「愛」依然存在於現代，但現代人似乎很少能擁有它。詩中西柏莉女神（Cybele）是古代小亞細亞人所崇拜的大神母，相當於希臘神話中的 Rhea。

辛波絲卡

(1923-2012，波蘭)

坦露

就在這裡，兩個裸露的戀人，
彼此賞心悅目——足矣。
唯一的遮蔽物是我們的睫毛，
我們躺在深深的夜中。

但它們早知道我們，它們知道，
那四個角落，第五個壁爐，
椅子上坐著的機靈的影子，
以及暗察一切的沉默的桌子。

而玻璃杯知道，沒喝完的
茶水為什麼變冷了。
史威夫特也深知，今夜

不要奢望有人會讀他的書。

而鳥呢？它們絕不會有幻覺：
昨天我看見它們在天空中
公開而大膽地寫著
我叫喚你的那個名字。

而樹呢？你可否告訴我它們
不知疲倦的細語什麼意思？
你說：風一定也知道。但
風究竟怎麼知道我們的？

一隻夜蝶，從窗戶飛進來，
鼓動著毛茸茸的翅膀
飛過來，飛過去，
在我們頭上不停哼哼響。

它敏銳的昆蟲的目光
也許比我們看到更多的東西？
我未曾察覺，你未曾想到，
我們的心在黑暗中灼灼發紅。

紀念

他們在榛樹叢中做愛
在一顆顆露珠的小太陽下，
他們的髮上沾滿
木屑碎枝草葉。

燕子的心啊
憐憫他們吧。

他們在湖邊跪下，
撥掉髮間的泥和葉，
魚群游到水邊，
銀河般閃閃發光。

燕子的心啊
憐憫他們吧。

霧氣從粼粼水波間
倒映的群樹升起。
噢燕子，讓此記憶
永遠銘刻。

噢燕子，雲朵聚成的荊棘，
大氣之錨，
改良版的伊卡魯斯，
著燕尾服的聖母升天，

噢燕子，書法家，
不受時間限制的秒針，
早期的鳥類哥德式建築，
天際的一隻斜眼，

噢燕子，帶刺的沉默，
充滿喜悅的喪章，
戀人們頭上的光環，
憐憫他們吧。

初戀

他們說
初戀最重要。
非常浪漫，
但於我並不然。

有什麼東西在我們之間，又好像沒有。
有什麼東西來了，又走了。

我的手沒有發抖
當我湊巧翻到那些小紀念品，
一捆信用繩子綁著
——沒有用什麼絲帶。

多年後僅有的一次碰面：
兩張椅子隔著一張
冷桌子談話。

其他戀情
在我體內氣息長在，
這個呢，連嘆個氣都困難。

然而正因為如此，
其他戀情做不到的，它做到了：
不被懷念，
甚至不在夢裡相見，
它讓我初識死亡。

譯者說

辛波絲卡

一九九六年諾貝爾文學獎得主，波蘭女詩人辛波絲卡（Wislawa Szymborska，1923-2012），是當代世界詩壇的異數。她出生於波蘭西部小鎮布寧，八歲時移居克拉科夫，波蘭南方的大城，至二〇一二年去世止。她的詩作嚴謹，在波蘭卻擁有十分廣大的讀者。她的詩集《巨大的數目》（1976），第一刷一萬本在一週內即售光，這在詩壇真算是巨大的數目。她的題材始終別具一格，常自日常生活汲取喜悅，以簡單的語言傳遞深刻的思想，以小隱喻開啟廣大想像空間，寓嚴肅於幽默、機智，是以小搏大、舉重若輕的語言大師。她用字精鍊，詩風清澈、從容，但沉潛中具張力，平易的語言後面藏著犀利的刀鋒，為讀者劃開事物表象，挖掘更深層的生命現象，為習以為常的事物提供全新的觀點。她是節制而不傷感的詩人，在她總數不到三百首的詩作中，我們很難找到一首情詩——或者，接近傳統定義的情詩。收於其早期詩集《呼喚雪人》（1957）中的〈坦露〉與〈紀念〉二詩，可說是僅有的例外：〈坦露〉是靈巧、節制，而絕美、動人的情詩，她寫戀人裸身相愛，卻不見激情字眼，而以旁敲側擊手法，讓有情萬物成為愛的見證，藉「飛蛾撲火」坦露熱戀中人心中燃燒的、自身具足的小宇宙；〈紀念〉則是一首悼念青春短暫、愛情的美好難長的（悲）情詩，辛波絲卡借高高在上的燕子的目光讓我們看到塵世世的局限、幸福的短促，以一連串巧喻比擬燕子，真是絕妙。〈初戀〉（選自2002年詩集《瞬間》）則可視為一首帶著典型辛波絲卡反浪漫、促狹風格的有趣的「反情詩」。

赫伯特

(1924-1998，波蘭)

舌頭

一個不小心，我經過她牙齒的邊界，吞下她機靈的舌頭。它如今活在我的體內，像生魚片一般。它擦拂過我的心臟和橫膈膜，彷彿碰著水族箱的牆，撥弄起底部的淤泥。

她被我奪走了聲音，睜大眼睛瞪著我看，等待我說話。

但我不知該用哪一根舌頭和她交談——偷來的那根，或是負荷了過重的美善而在口中溶解的那根？

玫瑰色耳朵

我以為
只有我那麼了解她
我們一起生活了那麼多年

我熟悉
她鳥雀似的頭
白皙的手臂
和腹部

直到有一回
一個冬日的傍晚
她在我身旁坐下
燈光自我們身後投落

我看到了一隻玫瑰色的耳朵
一枚具喜感的皮製花瓣
裡面流動著活血的
一只海螺

我當時未發一語——
寫一首詩談談玫瑰色耳朵
會是不錯的
但不想讓人們說
他選了個爛題材
只想標新立異

甚至不想讓任何人發笑
想讓他們了解我揭露了
一則神祕事件

我當時未發一語——
但那天夜裡我們同床共枕時
我輕柔地品嚐了
玫瑰色耳朵的
異國風味

譯者說

赫伯特

赫伯特（Zbigniew Herbert，1924-1998），二十世紀最知名的波蘭詩人之一。在史達林統治期間，他拒絕參與官方的文學活動，所以他的第一本詩集遲至一九五六年史達林死後的解凍期才出版。隨後，他出版的詩集有《赫密斯·狗·與星》（1950），《物體的研究》（1961），《柯吉多先生》（1974）。他的每一本詩集皆為波蘭現代詩立下新的里程碑，而一九八三年出版的《來自圍城的報導》更被公認為波蘭戒嚴期最佳詩作。

從他的詩作形式，我們可以看出從戰前的「第二前衛」（米沃什為其中堅），經魯澤維契，到年輕一代詩人一脈相傳的傳統。戰亂的經驗，故國的淪陷，認同感的喪失，對他的詩作有著深遠的影響。赫伯特善用嘲諷手法、冷靜節制的語調寫二十世紀的種種悲劇，賦予文明新義，為我們在不安且駭人的人類集體經驗中提供一股平衡的力量。對他而言，歷史不只是罪惡或幻象無意義的重演；他企圖在過去和現在之間架設橋樑，尋求對應關係，使歷史成為現在的倒影或延伸。曾攻讀法律，研讀哲學和藝術史的赫伯特，具有深厚的人文素養，使他在批判現代文明，探討人類生存環境之外，也關懷心靈的複雜層面，準確獨創的意象和慧黠幽默的機智的背後，藏著一顆溫煦悲憫的心。譬如在〈玫瑰色耳朵〉一詩，他娓婗道出一樁令人莞爾的「神祕事件」，不經意的發現讓習以為常的生活平添「異國情調」，其中之妙如桃花源，不足為外人道也。

一九九九年六月，陳黎應邀參加荷蘭鹿特丹國際詩歌節，中有一夜的節目乃是向去世不久的赫伯特致敬，陳黎朗讀了他中譯的赫伯特詩，同台者包括赫伯特生前好友，波蘭詩人札格耶斯基（Adam Zagajewsky），哥倫比亞詩人、小說家穆提斯（Alvaro Mutis）等。當晚還發表了荷蘭語赫伯特詩全集——全世界第一套赫伯特詩全集，譯者是荷蘭翻譯家拉許（Gerard Rash）——他也是辛波絲卡詩的譯者，陳黎與他互贈了彼此所譯的辛波絲卡詩集。

卡香

(1924-2014，羅馬尼亞)

年輕的吸血鬼

最初，羞怯地，他的身體纏繞著
我的脖子，以旋律美妙的渦形花樣，
如是我整個脖子包裹在
那旋律的手鐲裡，
而我幾乎屈身於他斜眼、
三角形的醜陋的頭
以及他脆弱骨頭之聲。

接著，咬第一口，
我感覺巨大的舒慰。
我的血液搏動，躍躍欲奔，
而後薄化，進入陌生的咽喉。
它的顏色變得更純

而我愈掏愈空，彷彿在滌罪。

之後，我變得極薄，
鼓翼者緊坐在我脖子上
啜飲，啜飲著我。
他的翅膀愈搖愈放肆，
他的眼睛燃燒如兩個字母
——但我不敢逼近閱讀。

記得

你已忘了我嗎？
我該忘記你嗎？
我無法
將記憶從我身上剝掉。
我仍然貪求痛苦。
我為什麼要讓遺忘——
像虛有其表的膏油——
治療我善吸收、善放射、易驚恐的細胞？

我需要你身體的權威，
像墓碑般壓在我身上，
活埋我吧！

歌唱與吠叫

他睡在我床上像一隻巨大的蜥蜴，他說。
他說了很多。

他，像蜂窩般，充滿了金黃色澤，嗡嗡鳴響，
會刺人的話語。

我用話語回答——它們結合，離異，又復合，
它們互吻，互咬，它們歌唱又吠叫。

他說：我不舉重，
我舉你的乳房，直到精疲力竭，銷魂狂喜。
他擅於言詞
以及舉乳。

相信我的話。

譯者說

卡香

卡香（Nina Cassian，1924-2014），不僅是一名知名詩人，同時也是散文作家，童書作家，作曲家及翻譯家。她曾在羅馬尼亞多家文學出版社擔任編輯，也是羅馬尼亞作家協會的主要成員。一九八五年赴美國訪問，因政治因素不得返回國門，遂流亡在美，後居住於紐約。她出版了五十多本各類著作，數度獲得文學獎。她的詩對生理的描述與情慾的處理頗為坦率，愛與失落，生與死，是她經常觸及的主題。

一九九九年六月，卡香與陳黎同時受邀參加荷蘭鹿特丹國際詩歌節，兩人年紀差三十歲，但一見如故，惺惺相惜。她在送給陳黎的詩集前面特別標明兩人是「詩與音樂的同黨」。她說陳黎詩作中指涉到的德布西、莎蒂、梅湘等作曲家也都在她最愛之列。

她是一個可愛而充滿靈氣的女人，臉龐三角形，非常有個性，也非常迷人。

米赫歷奇

（1928-2007，克羅埃西亞）

戀人們的逃逸

我告訴你，我們得立刻離去。
去哪裡？我們待會兒再決定。
重要的是儘快離去。
我覺得我的內臟開始腐爛。

我的眼睛已枯乾，垂掛如燒焦的葉子。
心頭的鐘越走越慢——只能隱隱聽見。
離開墓穴，我怎會難過？
如果有人樂在其中，我又能怎麼樣。

來吧，別躊躇了，愛人。
去他的棺材——它們早已佈滿病菌。
我們不走陸路——那裡可能有埋伏。
我們凌空而去——穿過群星。

浪之閃耀

親愛的，為什麼要告訴你我的擔憂，
它們受制於天空隱形的轉變，
受制於渴望掙脫牢籠的大海，
以及在空虛的深淵上方過度低垂的森林。

我為什麼要吻你，當親吻不會留下任何痕跡。
一如石塊，你單純而無法征服，
甚至更為遙遠，當愛人的手緊握著你。
你的身體變成黃金，在裸身迎向陽光的時候，
陽光滲入你金色皮膚的每一片紋理，
一如倦意在我全部的毛孔裡。
我甚至不知道最後我是否牽了你，

或者一整個下午我們在沙灘沉默不語，
你失望，而我為浪之閃耀著迷，
如是愛戀著你身體的每一道曲線，無法征服。

最後的情話

在異國的醫院裡，
豈非命運使然，兩個
舊日戀人相遇垂垂老矣，
在一間擁擠的病院診療室門前？
她茫茫不見一物，即使戴上眼鏡，
他由於臀部疼痛，無法坐下。
他想著，多年前他們最後的情話是什麼？
她先進去治療，再不曾回來。
他捏造了最後的話語，
康復地離開了醫院。

譯者說

米赫歷奇

米赫歷奇（Slavko Mihalic，1928-2007），戰後克羅埃西亞最偉大的詩人，曾擔任過記者，編輯，出版商，以及克羅埃西亞作家協會和南斯拉夫作家協會的祕書。自從一九五四年出版第一本詩集《室內樂》以來，除了短篇小說、散文及戲劇之外，他出版了十九本詩集，近七百首詩，其中一些已被克羅埃西亞人視為經典。

米赫歷奇成長在文學，藝術、音樂氣氛濃厚的環境，曾經一度猶豫不知該選擇哪一個方向。因此除了寫作之外，他也能畫畫。他的作品被翻成多國語言，他自己本身也是一位多產的翻譯者。像許多前南斯拉夫作家一樣，米赫歷奇經常被當局找麻煩。一九七二年，他被逐出克羅埃西亞作家協會，後來才又恢復會籍。一九八三年他成為南斯拉夫藝術與科學院院士候選人，直到一九九〇年才正式成為院士。

他的詩精簡，含蓄，而富抒情之美。愛與溫柔，生命的不確定，日常生活事物的親密，因政治變動引發的心境……是他詩中經常出現的主題。他是一個知識淵博然而卻非常謙和的人，和魯澤維契、赫伯特等人一樣，是戰後東歐最敏銳的文學心靈和良知。一九九九年陳黎在鹿特丹，透過他的評論者，美麗的 Tea Bencic 女士，和他有過多次親近的交談。陳黎在台灣時就已譯了他的幾首詩，在鹿特丹得到米赫歷奇贈予的作品英譯後，又翻譯了好幾首，送給這位讓人感覺很舒服的可愛的長者——他聽陳黎以中文朗讀這些詩作，極感興趣。陳黎送他一本中文詩集，他像小孩子一樣眼睛貼著上頭的中文字，三百六十度旋轉之，好奇地觀察象形文字的奧妙。

克勞斯

(1929-2008，比利時)

即便現在

1

即便現在，她的嘴巴塞著一塊東西，
醒來時嘴唇臃腫，眼睛緊閉的她，
她是我認識繼而失落的某樣東西，沒錯，
但我怎麼失掉她的，醉犬是怎樣的吠法？

3

即便現在，她指甲深深傷人，她瘀傷的奶頭，
她平滑的雙頰——垂直的微笑介於其間，
愛嘲弄形上學的她會說：「啊，愛人，
你的精子的每一分子都存在著上帝和聖母。」

4

即便現在，鞭痕，嚙痕，紅疤，刺青，
一切愛的傷痕都在她輕衫底下，
而我怕這還會繼續下去——我，病態、
陰險地對其無人地帶，張牙舞爪。

10

即便現在，我豎白旗，舉雙手，高喊
「我是朋友！」。但投降的是**她**。
因為在戰場上我聽到她結結巴巴說著，
用她母親的口音。

12

即便現在，她整個身體胭脂紅，汗珠閃爍，
而她的洞穴，塗著嬰兒油，光耀溜滑。
然而我所知的她仍然只是一個姿勢，
不見迴音，充滿偶然與懊悔。

13

即便現在，我再一次遺忘了所有的神，
是她壓擠我，非難我，指派我，
她統轄四季，特別是冬季，
愈形可愛，冷酷，當我死期漸近。

15

即便現在，她那般地顫抖、低語著：

「你為什麼做這事？我絕不放過你，我的王。」

再沒有比我更驕傲的君王，我不顧一切地展現給她看，我的「王」如何從他的獨眼流出淚來。

17

即便現在，雖然死亡的蜂群圍聚著我，

我品嚐她腹部的蜂蜜，聽她痙攣時

嗡嗡的低鳴，注視她流動、食肉的

花朵粉紅潮濕的花瓣。

21

即便現在，我想像在我與永夜之間
窄窄的時光裡，她一直是繁星，
是草地，是蟑螂，是果實，是蛆，
而我欣然接受這一切。

24

即便現在，她不只是她美妙軀體裡的水，
且是一座可以讓鴨子滑行、居住其上的鹽湖，
那帶著一根肉棒的鴨子就是我——聽我呱、呱
叫！——
而她會搖我於水波之上，或者假裝如此。

27

所以即便現在，被她的鎖鏈綑綁，鼻子像戀人樣

流著血，我說：

「死亡，不要再折磨大地，不要耽擱，甜美的死亡，

迎我來到，但照著她所做，敲擊過來吧！」

譯者說

克勞斯

克勞斯（Hugo Claus，1929-2008），比利時詩人，小說家，劇作家，畫家，翻譯家，劇場監督兼製片，一九二九年生於比利時西北部的布魯雪（Bruges），曾做過油漆工，建築工人，演員，曾獲多項文學獎，屢次列名諾貝爾獎候選名單，為當代荷蘭語文壇最多才多藝、最多產的作家之一。他以無窮的活力和淵博的知識從事創作，是一位兼具藝術魅力和票房吸引力的作家。

他的作品充滿原始、大膽、鮮明、怪誕的自然形象，和「眼鏡蛇」（COBRA）藝術群有密切的關聯，但他強烈的個人風格是無庸置疑的。對語言和節奏的掌握功力亦是他詩作的重要特質，當代荷蘭語詩人中，少有人能像克勞斯一樣撩起一種摻雜了荒涼、虛無感的色慾。艾略特和龐德的作品引領他進入一個更繁複的世界，一個知性、感性交融又帶有幾分神話色彩的世界，後來的詩作觸角多伸入人世，批判社會，關心政治，充分流露出反獨裁、尊重個人的氣質。克勞斯的作品鉅多，各類著作逾五十種，其中詩作產量超過一千三百頁，最近兩本為《痕跡》（1996）和《殘酷的快樂》（1999）。這兩本詩集呈現了他詩藝的種種面向：從動人的自傳詩，到複雜的文本改寫與文字蒙太奇，到即景的諷刺詩，到「論詩詩」或「讀畫詩」……他先前作品所有的主題又再次匯聚其中：時間，變動，無常，知覺，慾望，性，語言，傳統。在〈即便現在〉這首詩，我們看到年老但依然年輕的詩人，大膽歌讚（或追憶）那支配他、吸引他、賜給他生命力以及面對死亡時的勇氣的女子——歌讚她的軀體，歌讚她激發出的生之慾，即便現在他已失去她。

一九九九年六月鹿特丹國際詩歌節首夜，陳黎與克勞斯同台唸詩，散場後，陳黎將他中譯的十首克勞斯詩送給克勞斯，他非常意外而驚喜，和身旁美麗的女伴都說對陳黎剛才唸的詩印象深刻。隔幾夜，克勞斯再次登台，他唸了許多他的詩作，特別是一口氣唸完這由二十七首短詩組成的〈即便現在〉，雄渾有力，餘音嫋嫋，令台下的陳黎真正印象深刻。

特朗斯特羅默

（1931-2015，瑞典）

火之書

在陰鬱的日子裡惟有和你做愛時我的生命方閃現光芒。
彷彿明滅不定的螢火蟲——你可盯隨其飛蹤，一閃一閃
在黑夜的橄欖樹間。

在陰鬱的日子裡靈魂頹然坐著，了無生趣，
而肉體一逕走向你。
夜空嗚叫如牛。
我們祕密地自宇宙擠奶，存活下來。

C大調

他在幽會之後下樓走到街上，
此時空中白雪紛飛。
在他們互相依偎之時，
冬天已然來臨。
夜晚白光閃耀。
他的步伐輕快愉悅。
整座城都是下坡路。
身旁滿是笑意——
豎起的衣領的後面是一張張笑臉。
自由自在！
所有的問號開始歌讚上帝的存在。
他如是想著。

音樂突然響起，

在飛舞的雪中

邁開大步。

一切都朝Ｃ音前進。

一個指向Ｃ音的顫抖的羅盤。

超脫痛苦的一個小時。

輕輕鬆鬆！

一張張笑臉在豎起的衣領後面。

俳句詩

有事發生。
月光滿室。
神知道

譯者說

特朗斯特羅默

特朗斯特羅默（Tomas Transtromer，1931-2015），生於斯德哥爾摩，他是心理學家，也是瑞典當代極富盛名的詩人。他的詩作融合瑞典自然詩歌的傳統與超現實主義的風格，鍛接西方與東方，意象明晰、準確且驚人。他創作力豐沛，獲獎無數，著有《詩十七首》（1954），《路上的祕密》（1958），《半成品天堂》（1962），《聲音與軌跡》（1966），《夜視》（1970），《路徑》（1973），《波羅的海》（1974），《真理的障礙》（1978），《野蠻的廣場》（1983），《給生者和死者》（1989），《憂傷貢多拉》（1996），《巨大的謎》（2004）等詩集。在現代主義、表現主義和超現實主義的影響之下，他以簡潔洗鍊的文字，生動有力的意象，讓想像與創意「如地面之水大量湧進新掘之井」。他的詩看似出奇地冷靜，卻不時被跳脫聯想和情緒的突兀意象打斷，可看出他對游移於日常生活底下之黑暗力量深深著迷。

前二詩譯自諾貝爾獎評審委員，瑞典皇家學院院士馬悅然先生的英譯。馬悅然是特朗斯特羅默的好友，他曾告訴我們，特朗斯特羅默若不是瑞典人，老早就得到諾貝爾獎了。二〇一一年，八十歲的特朗斯特羅默總算獲諾貝爾桂冠加冕。這遲來的榮耀，於他是實至名歸。〈火之書〉一詩雖短，但意象精準壯麗，末兩行尤其動人——讓我們心悅誠服地相信，戀人們陰陽相合的「小宇宙」其實是和整個「大宇宙」一樣遼闊而相通的。〈C大調〉一詩生動、有趣地描寫愛情帶給人類生命的滋潤：幽會後的男士心情愉悅，步伐輕快，彷佛「整座城都是下坡路」，雖然冬天在兩名男女溫存時悄然降臨，他勢必得重回冷峻的現實，但那「超脫痛苦的一個小時」讓他相信上帝是存在的，人生還是值得活的。

第三首詩譯自詩集《巨大的謎》，是詩集中四十五首俳句詩之一，誠然是一首謎一般妙不可言之詩。「有事發生。」發生了什麼神妙之事？神之外，大概只有在滿室月光中讓「某事發生」的戀人們知道了。

普拉絲

(1932-1963，美國)

氣球

打從聖誕節，它們就和我們一起生活，
無心機且清朗，
橢圓的靈性生物，
佔據了一半空間，
移動摩擦於絲質的

隱形氣流之上，
受到攻擊，便嘎吱一聲
砰然爆裂，急速歇止，奄奄一息。
黃色的貓頭，藍色的魚——
我們與如此奇異的月亮共處一室

而非僵死的家具！

草蓆，白牆
以及這些充注了稀薄空氣的
遊走球體，紅色，綠色，
賞心悅目

彷彿願望或自由自在的
孔雀為古老的大地
祈福，以一根星辰之鐵
打造的羽毛。
你幼小的

弟弟正把玩著氣球
讓它發出貓一般的叫聲。

他似乎看到

氣球另一邊有個好玩又好吃的粉紅世界，

他咬了一口，

接著身體

往後坐，肥嘟嘟的水罐

凝視著一個清澈如水的世界。

一塊紅色

碎片在他小小的拳頭之中。

譯者說

普拉絲

普拉絲（Sylvia Plath，1932-1963），名震大西洋兩岸、只活了三十一歲的美國天才女詩人。和夫婿泰德．休斯（Ted Hughes，1930-1998）兩人，可說是英語現代詩壇的金童玉女，她的自殺身亡，她與休斯間的恩恩怨怨，更成為當代文壇持久不衰的熱門話題。

普拉絲出生於美國麻州，父親是波士頓大學生物教授，大黃蜂權威，在她八歲時去世。普拉絲天資聰穎，姣好的外形和創作才華使她在進入史密斯學院後風頭甚健。一九五一年，她獲得婦女雜誌《小姐》的小說獎，隔年暑假獲邀前往紐約實習採訪。一九五三年秋天，她吞服大量安眠藥企圖自殺，被送往精神病院接受電擊治療。一九五五年，她以全校最佳成績畢業，獲富爾布萊特獎學金前往英國劍橋大學深造，於一九五六年結識了休斯，並且結婚。一九六〇年，普拉絲第一本詩集《巨神像》（*The Colossus*）出版，展現出技巧的完整性，語言的精確度與張力，對韻律的敏感度，帶給她名氣與自信。一九六二年五月，加拿大詩人大衛．威維爾（David Wevill）偕妻子阿西亞．格特曼（Assia Guttman）來訪。七月，普拉絲發現休斯與阿西亞有染，深受打擊，被嫉妒、憤怒所吞噬，兩個月後她提出分居。她與絕望、病痛為伍，憂鬱症隱隱浮動，但創作力卻源源不絕。身心越是痛苦，她的創作能量反而更形豐沛；自毀慾望越是蠢動，自指尖流洩出的文字反而更形激越、清澄。不到兩個月的時間，她寫了四十首多詩——她死後出版的詩集《精靈》（*Ariel*）的主體——以宣洩心中飽和的情感。一九六二年十二月，她帶著孩子搬進倫敦的一間公寓，卻不幸遇到英國一百五十年以來最寒冷的冬天，水管凍裂，大雪封路，能源短缺，經濟拮据，精神苦悶，讓普拉絲的憂鬱症更形惡化。一九六三年二月十一日清晨六點，她拋下睡夢中的兩個幼兒，在自家住宅開瓦斯結束了自已的生命。

〈氣球〉一詩寫於死前一週（一九六三年二月五日），是普拉絲最後的詩作之一。普拉絲在死前最後幾個月的例行生活儀式幾乎是：凌晨三、四點起床寫作至小孩睡醒，然後開始照料小孩、處理家庭雜務。在陰暗的凌晨到天亮這段時間，她可以不受現實生活攪擾，剝除日常雜務，專注於詩的寫作。一對兒女在普拉絲生命中占有十分重要的位置，他們雖然不足以驅走存在於現實生活中的憂鬱和痛苦，但絕對是她喜悅的重要源頭，是她生命灰暗期的重要發光體。在這首詩中，我們捕捉到普拉絲作品裡少有的清朗笑顏，然而這份愉悅的背後仍隱含不安的因子：帶有節慶色彩的氣球雖然賞心悅目，一旦「受到攻擊，便嘎吱一聲／砰然爆裂，急速歇止，奄奄一息」，最後經不起幼兒好奇的探索和咬嚙，粉紅飽滿的氣球只剩「一塊紅色碎片」。此詩具體而微地道出了她對生命的看法：美好多彩，但不長久；看似清朗無心機，其實暗藏危機；滿載祝福，卻可能瞬間破滅。即便如此，在生命的最後，她仍樂於看到各色氣球，如「自由自在的孔雀」的羽毛般，輕快飄動於她所愛的兩個小孩的世界裡。

葉夫圖申柯

（1933-2017，俄國）

我的愛人終將來到

我的愛人終將來到
將我擁進她的懷裡。
她將察覺出我身上任何細微的變化
並且了解我的一切憂慮。
從黑色的雨中衝出，從地獄般的昏暗，
忘了關上計程車門，
她將飛奔上搖擺的樓梯，
滿臉喜悅和渴望的紅光。
全身濕透，她將突然闖進
未及敲門，
用兩隻手緊抱我的頭；
她藍色的毛皮大衣將從椅子上
幸福地滑落地面……

譯者說

葉夫圖申柯

葉夫圖申柯（Yevgeny Yevtushenko，1933-2017），俄國詩人，生於西伯利亞，第一本詩集《未來的探勘者》於一九五二年出版，一九五六年以描寫其家鄉事的長詩《錫瑪站》知名詩壇。他的作品兼及個人和公眾主題，深受俄國青年的喜愛。他的詩集曾在短時間內銷售十萬冊，而且曾有一萬四千名群眾湧入莫斯科運動場聽他朗讀。他可謂當代最為世人所知的俄國詩人。

具有濃厚正義感的葉夫圖申柯主張誠實地表達自己的思想，所以他的詩作主題十分明晰，我們可清楚地感受到他心中的熱情和理想。他同時是一個具有革命思想的浪漫主義者，勇於觸及俄國的禁忌。他的詩風和馬雅可夫斯基十分接近，強撼有力，溶入口語，重視聲音效果，十分適合朗讀。他最大的長處是能夠巧妙地將個人與社會主題，說理與抒情、寫實與浪漫結合在一起。

史耐德

(1939-，美國)

味覺之歌

吃著綠草鮮嫩的芽
吃著大鳥的卵

　肥美的甜蜜群聚於
搖曳之樹的精子四周

低鳴的母牛側腹和大腿
　的肌肉

　羔羊騰躍時的彈跳
　公牛甩尾時的咻聲

吃著土壤裡面茁壯

的根

自隱藏於葡萄之中

用空間織就的生動的

串串光點

汲取生命。

吃著彼此的種籽

吃著

啊，彼此。

在麵包的嘴裡吻著愛人：

脣對脣。

乳房

那製奶的東西情不
自禁濃縮
出世界的食物，
送達一尖點
　　讓我們吸吮，
連同，毒素

但乳房是過濾器——
毒素停在那兒，在肌肉裡。
微量的重金屬
　　男人夢寐以求，成串吊掛著的
　致命分子；
直到今日才現身世界。

（誤入你
胸中的
石油化工總廠）

我們因此歌讚乳房
我們都愛親吻它們
——它們像哲學家！
阻擋心中的邪念
讓更美味的
智慧滑過
造福幼兒。
小小年紀不會吸毒。

育兒之後
為求找回真我，
接下來的工作
是將毒素燃燒殆盡。
扁平的乳房，疲憊的身軀，
像老舊皮革啪噠易斷，
　　韌度仍足以
　再擁有幾天好日子，

還有閃亮的眼睛，
老媽，
老爸，
　　心情歡愉。

譯者說

史耐德

史耐德（Gary Snyder，1930-），美國著名詩人、散文家、演說家，積極的環保分子，常被視為深層生態之桂冠，也是東亞詩歌的譯者，以及登山家。他出生於舊金山，畢業於奧瑞岡州的里德學院，其後在加州大學柏克萊分校研究所修習中國古典詩歌。出版的詩集和散文集包括《神話與文本》（1960）、《觀浪》（1970）、《龜島》（1974）、《斧柄》（1983）、《遺留在雨中》（1988）、《荒野實踐》（1990）、《沒有自然》（1993）、《山水無盡頭》（1997）、《蓋瑞．史耐德詩文選》（1999）、《峯頂的危險》（2005）、《再度火熱》（2007）等。他對中國文化及詩歌有深入研究，作品中吸納了道家、儒家、佛教、神道教、印地安神話與信仰以及中國與西方的詩歌傳統等因素。他的散文寫作致力於探究文明與自然的問題。曾獲美國國家圖書獎、普立茲詩歌獎等多項獎項，並任加州大學戴維斯分校名譽教授，美國詩人學院主席。

二〇〇九年十一月，陳黎與史耐德一同受邀參加香港浸會大學國際作家工作坊，一起談詩、唸詩。

卡克萊斯

（1940-，拉脫維亞）

把你的銀刀給我

……把你的銀刀給我，那棵午夜的樹
就在此處（噢，草啊，
在月的穹蒼你何其深綠！）——
讓我們一起剝開夜的果實；
啊，如果你沒有銀刀，就給
指甲銼刀吧，你看
膚上的露水多麼湛藍；
如果你沒有，啊，如果我別無所有，
讓我們用雙眼進入午夜的果實；
用唇，用齒，用指，用幻想
（山丘的另一邊閃爍著希望淡藍色的刀鋒）
讓我劈開它，劈出，劈出

每一個微末之物，這樣我們才可能滿溢，完全
滿足且彼此忠誠，讓我們醒來
當灰暗的睡眠被新的早晨自然地劈開。

譯者說

卡克萊斯

卡克萊斯（Maris Caklais，1940-），為活躍於拉脫維亞文壇的詩人、小說家、翻譯家、新聞工作者。他同時也是拉脫維亞傳統文化的推動者，曾多次下鄉演說，並將詩作錄音發行。自一九六五年以來，共出版了十餘本詩集，並有散文集、小說集多種。他的詩想像力豐富，意象具有強烈的暗示性，生命的黑暗面在他筆下呈現出動人的顏色。自一九九七年起擔任拉脫維亞筆會會長。

這首〈把你的銀刀給我〉用了數次開啟的意象：剝開、劈開。以銀刀、指甲銼刀、雙眼、唇、齒、指、幻想為工具，開啟夜的果實，具有性愛的影射。完全滿足、彼此忠誠的戀人在開啟儀式之後，形成了新的關係——自然明朗，一如清晨劈開昏暗的睡眠。

史特蘭白

(1944-，瑞典)

我歌唱

穿著我的黑禮服，我歌唱，
我跳舞。

「來生命，
帶我走！」

在旅館我
遇見一個男人。
鏡中的我們在一起
如此美麗，我們
必須互相借用一下子。

多大的喜悅啊！

多大的喜悅啊，感覺到
另一個人的心跳！

但我們的火車將陸續
離站。

時刻表在玻璃後
顫抖著。

共享

我們共享一個地上的午後，
灰濛濛的雨，
冰冷的風，
黑色的思緒，
自我欺瞞。
我們共享孤寂
以及我外套裡的溫暖，
以及我們接吻前
嘴巴吐出的白色氣息。

譯者說

史特蘭白

史特蘭白（Ingela Strandberg，1944-），瑞典女詩人，小說家。這兩首詩，選自她一九九一年出版的詩集《一五三號公路》，我們根據的是瑞典皇家學院馬悅然院士提供給我們的他自己的英譯。史特蘭白的詩經常直視生活，從平凡、孤寂中提取喜悅與意義，一如她在另一首詩中所說：「我相信唯一的意義／——那就是當下」。她的詩語言相當口語，卻散發著一種控制自如的亮度。她和本書譯介的冰島女詩人狄妲有些相似，擅於從卑微的事物中獲取生命的電力，節制中透露著大膽、熱情的心，是老二十歲的狄妲。

歐騰

(1951-，荷蘭)

詩人跳水

已矣。不論體態多麼泰然自若
終將消逝，不論飛濺的水花多麼高雅
終必迴旋匿跡，變幻無常。
翻觔斗才是重要的，當跳板抖動，
當女孩在池邊
看著我。瞧！我甩髮的模樣。

譯者說

歐騰

歐騰（Willem Jan Otten，1951-），荷蘭詩人、散文家、小說家和劇作家。他出身音樂世家，成長於北荷蘭的萊倫鎮和希維蓀鎮，在阿姆斯特丹學哲學和英文，在成為劇作家之前，曾擔任過戲劇與歌劇評論家。此外，他也從事歌詞創作及翻譯的工作。

他於一九七三年以得獎詩集《充滿鋸屑的燕子》初次嶄露頭角，之後他又陸續出了七本詩集。在早期詩作，他喜歡以大自然的意象，烘托人類情感，而在他近期出版的詩集《八月將盡的風》裡，我們看到了渴求信念的靈魂。追尋是歐騰詩作的重要主題，藉著追索，他「釋放靈魂」；他探索生死、信仰、起源、生命價值等問題，觸角也伸入罪惡、慾望、情慾、嫉妒等人類經驗。他用字淺白，意念清晰，注重行內韻及字詞的重複運用，因此詩作音樂性濃，流暢如流水——而水是他極愛書寫的對象。在〈詩人跳水〉一詩，他以極生活化的場景開頭，然後巧妙地賦予其象徵意涵，清楚地傳遞出把握當下是對抗「生命無法永恆」此一事實的最佳策略。

他是一個溫煦、優雅而富幽默感的人，是一個深諳音樂與戲劇效果的圓熟的詩人。一九九九年六月，陳黎在荷蘭與他相處多日，因為興趣接近，年齡相去不遠成為好友。他也寫電影評論，對台灣新電影印象深刻。

平田俊子

(1955-，日本)

兔子

變成狐狸吃我吧。你找到在雪地上一蹦一蹦跳躍的我，張開充血的眼睛追我吧。

我逃跑。為了讓你追趕。不時回頭，確認你的身姿，輕輕跳躍。輕輕跳躍。心臟怦怦跳。耳朵直豎。我滿心歡喜。你想要我呢。這麼專心一意地追趕著我。

我的耳朵聽見你的腳步聲，你的心跳，你的嚎叫聲。我的耳朵聽見你高漲的體溫，高漲的食慾，飛散的汗珠。

你千萬別放棄。腳皮磨破掀開了也好，撞上殘幹跌倒了也好，振作起來追我。想想我的肉多麼好吃。想想隔了三天才捕到的獵物之味。我的肉美味異常。

冬日的山上。

白雪滿覆。

徹徹底底只我們兩個。

我逃跑。你追趕。我一定會被你捉到。邊哭邊笑，邊笑邊哭，終於被你追趕上。你猛撲過來。溫暖的手臂。激烈的心跳。飛濺的汗珠。貼耳的喘息。我一直在等候著呢，這一刻，等了一千年。

你可要痛快咬住我的脖子。那裡是我的死穴。白毛飄舞。紅血滴落。雪髒了。天近了。兩顆眼珠上映現出彩虹，我淡笑著，死了。

我一直等候著呢。這一刻。

麗日

在春天去看牙醫也快樂
在春天變成牙醫也快樂

在春天花開也快樂
在春天葉開也快樂

在春天坐巴士也快樂
在春天被巴士坐也快樂

在春天接到手寫的信也快樂
在春天接到腳寫的信也快樂

在春天肚子餓也快樂
在春天背部餓也快樂

在春天下樓梯也快樂
在春天從海邊掉下也快樂

在春天一個人也快樂
在春天成為鳥也快樂

在春天喜歡的人跑走也快樂
在春天即使不快樂也快樂！

譯者說

平田俊子

平田俊子（Hirata Toshiko），一九五五年生於日本島根縣，京都立命館大學日本文學系畢業，現住東京。1983年獲第一屆「現代詩新人獎」，翌年出版詩集《野蒜的報恩》，續有詩集《大西洋城瀰漫水！》（1987）、《夜夜發胖的女人》（1991）、《滑稽／易碎的夫婦》（1993）、《終點站》（1997，晚翠獎）、《信，而後雨》（2000）、《詩七日》（2004，萩原朔太郎獎）、《寶物》（2007）等。近年擴及小說和劇本寫作，有小說集《鋼琴三明治》（2003）、《二人乘坐》（2005，野間文藝新人獎）、《再見，星期日沉默》（2007），劇本集《開運收音機》（2000）、散文集《昨日之滴落》（2001）等。一九九九年，參加日本有趣而競爭激烈的唸詩比賽「詩的拳擊賽」，擊敗前輩女詩人白石嘉壽子獲第三屆「世界輕量級冠軍」。二〇〇八年十一月，她受陳黎之邀來花蓮參加「太平洋詩歌節」，親和的態度，風格獨具的詩歌，生動的朗誦，讓大家聽了都既感動又印象深刻。她企圖翻新書寫策略、追求新形式、新風格，語言簡潔、冷峻、乾枯，充滿黑色幽默，一變日本女性詩風，開啟了日本現代詩的新地平線。

現實生活中的平田俊子並不順遂，與父母關係不睦，還飽嚐離婚之苦，或許因為如此，她對親情與愛情有深切的體認。然而，她不習慣在人前傾吐情感，因此我們常在她的詩作中看到一種獨特的切入觀點，抽離的姿態，冷峻——甚至荒謬——的語調。每一首詩幾乎都無可挑剔，讀來簡單而又引人深思。

〈兔子〉這首詩看似童話，其實是一首戀歌，充滿了對愛的渴望。詩人以兔子自況，渴望愛人化身狐狸將她當成獵物一般，專心地追趕，不放棄地追獵，猛撲過來，盡情享用。詩末，狐狸咬住兔子的頸部，紅色的血滴落在白色的雪地上，兔子帶著微笑甘願受死，眼珠映現出美麗的彩虹，這是何等怵目驚心卻又動人心弦的畫面，讓人聯想起激情的性愛場景，女人初夜的心情寫照。藉由兔子和狐狸，平田俊子顛覆傳統觀點，把存在於男女之間的獵物與獵人的微妙關係做了巧妙的詮釋。全詩的戲劇張力即在於——現實世界中看似獵物的兔子其實是獵者，而看似獵者的狐狸其實是兔子的獵物。兔子以拼命逃跑引誘狐狸拼命追趕；在狐狸抓住兔子的那一刻，獵者與獵物的關係立刻反轉：獵者狐狸落入了獵物兔子處心積慮設下的陷阱——讓自己歡喜地死在他的懷裡。在這首將愛與死畫上等號的暴力美學詩作裡，我們彷彿讀到了埋藏於詩人寂寞芳心底下對愛情的殷切渴盼——冬日的外表，盛夏的內在。

〈麗日〉則是一首歌讚春天的「忘情」詩，節奏輕快，帶有幾分無厘頭的詼諧：

在春天不管做什麼事情都感到快樂，「橫豎」都快樂，「反正」都快樂，在春天即便失戀了也無妨，因為「在春天即使不快樂也快樂」。

莫朵

(1956-，美國)

接著輪到我了

接著輪到我了。
我情意滿溢——
卻無法大聲說出
我想做的事。

我寧願讓你看見：
將我的手緊握於你手中。
置它們於你的胸膛上；
我的唇將在其間游移，
我的腿分開。

窗戶敞開迎進微風。
一陣海風。

你舌上的鹽。
眼淚。

椰子樹越高，
汁液越甘甜。

我攀上頂端
隨風擺盪。

父系

叔父被砍下的頭，
妹妹床上的高薩克傢伙，
躲藏，接著逃跑的男孩，
借河流之名取了個名字，
越過海，遇見了
伊妲，生下你，你生下我。

譯者說

莫朵

卡蘿・莫朵（Carol Moldaw，1956-），美國女詩人，出生於加州奧克蘭，成長於舊金山海灣區，擁有哈佛大學文學碩士和波士頓大學文學碩士學位，經常在美國各大刊物發表詩作。一九九三年，她的第一本詩集《被帶離河邊》出版；一九九四年，獲頒 NEA 文學特別獎助金。一九九八年，詩集《石頭上的粉筆記號》出版。卡蘿・莫朵目前定居新墨西哥首府聖塔菲北邊二十哩的波佑柯（Pojoaque）城。

二〇〇二年十月，卡蘿・莫朵隨其夫婿華裔美籍詩人施家彰（Arthur Sze）及一九九二年諾貝爾獎得主聖露西亞詩人瓦科特（Derek Walcott）來台訪問。他們曾到花蓮，陳黎與他們伉儷一起在東華大學唸詩，並互贈詩集。

在〈接著輪到我了〉這首詩裡，詩人坦率地流露女子飽滿的思春之情，化被動為「含蓄的主動」，攀登情慾的高峰（標題清楚點出女性主導的自覺），平日難以啟齒的，透過詩，毫不羞赧地吶喊出。第一、二詩節的赤裸描繪，形同女性情慾的宣示；其他詩節藉景抒情的暗示手法（以椰子樹的高度比喻性愛之狂喜，真是美妙），顯示出女性詩人細膩的情思。既透露女性慣有的矜持（「無法大聲說出／我想做的事」），又揭示女性對情慾以及主體的自覺，可說是一首微妙而豐富的小詩。

〈父系〉亦為一極可愛之小詩，寥寥幾行生動濃縮了家族勇敢的情史。

阿爾坎

(1963-，土耳其)

遺失的鈕扣

梅子酒和青豆沙拉在菜單上，
你的襯裙，你私密的慾望，在這裡。
貽貝和魚的圖畫在繪本裡，
快來依偎在我身旁呀，呼蘭，
讓我們共度甜美時光。

我輕輕一碰，你的乳房變成柑橘。
我們穿越河裡的青苔石，攀藤而上。
鳥兒也在枝頭上，
談情說愛免不了，
最好見上一兩次面。

你瞧！紅雲在天上飄，
古老的字母落在紙上。
快來依偎在我身旁呀，茹雅，
莫讓我們的詩篇中斷。
你瞧！我們遺失的鈕扣在地板上。

給我兒子的故事

你終於前來成為人子
得以擁抱雨水。
成為人子是很花時間的，
你要記住你母親。

當你的筆碰觸到紙張，
你將長大識字。
風會是你的兄弟，
大草原會是你的憂傷。

生命是潮濕的，
最初的意義如此。
海水未曾藍過，
藍色未曾藍過，

天空未曾存在過，
在此之前。

我想看你咬蘋果。
想看你想事情，
用手撐著臉。
我想看你做愛，
在你叫不出名字的樹底下。

我想一直這樣地
看著你，將你牢記在心；
每一次撫摸都會留下痕跡。
在你掌心有祖母傳下來的風，
你父親傳下來的風箏。

譯者說

阿爾坎

圖臧・阿爾坎（Tozan Alkan，1963-），土耳其詩人、翻譯家和詩評家，任教於伊斯坦堡大學，是土耳其作家集團董事會成員，伊斯坦堡詩歌翻譯雜誌主編，以及多家文學期刊編輯顧問。他自日常生活取材，寫愛情，寫親情，寫夢想，寫生之悲喜憂歡，語言平實，意象清新，情感真摯而動人。二〇〇九年，與陳黎一起受邀參加在北京舉行的「二〇〇九亞洲詩歌節」。隔年，兩人在台北街頭不期而遇，在路邊攤小吃、閒聊，約定互譯彼此的詩。

狄妲

(1964-，冰島)

冰島

在那兒女人們
用燈泡的螺旋頭
自慰
以獲取
生命的電力。

貓祕

我渴望像貓一樣
一陣酥柔地被撫摸。
拍拍，摸摸，
接著也許
吻吻我的鼻子，
一路愛撫
直到我的頸項。
啊，我多渴望
被深深地撫摸
從背部直下，在
我的腳趾間撫弄，輕輕
搔我的胃部，
我胸口猛跳

而一隻耳朵被溫柔地舔著。
愛撫遍我的手腳，
親吻我的股間，對著
我的毛急喘，我幸福地麻痺過去
當那一刻從我的肚臍輕擊出，
而我聽不見孤寂單調之音
因為我自身嗚嗚的叫聲。

譯者說

狄妲

冰島女詩人狄妲（Didda，1964-）全名 Sigurlaug Didda Jonsdottir。她十幾歲一直到二十幾歲的生活相當坎坷，乃開始寫詩，發表於報刊、雜誌，在一九九五年出版了第一本詩集。她同時也為冰島的搖滾樂團撰寫歌詞。她的詩形式自由，有些則以散文寫成，內容深具自傳色彩。她的散文詩經常取材自日記片段。她的詩反映她對生活的體驗。她十五歲即被父母從家裡趕出，在她的生命裡，性、酒精、迷幻藥扮演著重要角色。她的詩只是誠實地呈現她知道、見到的日常世界。她的某些詩以冷靜、簡潔的筆調描述可怖的經驗，有時甚至還語帶幽默。她的風格和用字看似平凡，仔細讀後，卻可發現其對事實與細節安排之苦心。

〈冰島〉一詩，簡單然而驚聳，既是個人的、私密的，也是女性的、國族的，是一首奇異的愛情／愛國詩。一九九九年六月，狄妲與陳黎同時受邀參加荷蘭鹿特丹國際詩歌節，狄妲曾將〈貓祕〉一詩自譯成英文，刊於大會印行之小詩集，題為 Pussy。此字至少可以有三解：一，貓的暱稱，如言「貓咪」；二，女性毛茸茸的私處；三，男女之祕戲。狄妲此詩巧妙、親暱、精準、大膽地揭露了女性（或人類）私祕之趣。

蜂飼耳

（1974-，日本）

隨時潮濕的陣地

夏草的暴力圍繞著我們發現的廢屋
無人居住　我們於是躊躇不敢
入內　但門是開著的　拳頭大的縫隙
我們還是忍不住　灰塵作聲　土牆
崩落　蛛網不用說　滿佈如雪
然而　框住藍天的窗戶旁的水槽裡

　水龍頭　竟然活著
　我們試圖將之關上　它卻流不止
　一道水柱站立
　宛如冰柱

哦，原來它來自山泉！

她自屋外敲敲窗戶　對我說
後來我打開一個堅實的硬紙板箱
裡頭滿是缺了吹嘴的陶笛
他們丟下這些，到哪裡去了？
水芹　沿溪生長　人們
依舊離去

　愛愛過的痕跡
　佈滿牆面　聖像一般
　填補行將鬆脫的空隙

這間水邊的屋子慢慢變成了一株植物早就是
那類東西了　這樣的氣息　這樣的　氣息

（希望別踩到它）

就在那瞬間　她失察地　一腳踩上　一張

掉落地面的樂譜斷片

灰色和金色的聲音四下飛散

鹿之女

藏身於背風處等待著：
足踝被蘆葦的波浪洗著
暖泥　倏地飛過的水黽　歪斜的雲
以鼻推無形之牆　一頭鹿
背上一口箱子星與霜掉落其上
水平的身體　一頭鹿
我進入鹿的內部鹿皮的
內部　留在那兒　且奔跑
明日我將擇一箭擇一子彈飛行而去
咻咻的聲響轉成一支笛子
（他們稱之為打死）
（我說是抱走它）
被拖至生命之流的盡頭

水蜜之汗連結於地下　這是我的新天地
躺在生命盡頭的一個生命
背上　復甦的夏天　草的聲音
咻咻　咻咻的聲響轉成一支笛子
以此身姿我擇一箭擇一子彈奔馳而去

譯者說

蜂飼耳

蜂飼耳（Hachikai Mimi，1974-），出生於日本神奈川縣，早稻田大學文學研究所碩士（主修日本上古文學），為當今日本詩壇最受矚目的年輕女詩人之一。1999年出版處女詩集《隨時潮濕的陣地》，於次年獲得第五屆「中原中也獎」。二〇〇五年出版詩集《吃者被吃掉的夜晚》，於次年獲「藝術選獎」文部科學大臣新人獎。二〇〇六年獲「神奈川文化獎」未來獎。二〇〇七年出版詩集《掩蓋的葉》。二〇一三年出版詩選集《蜂飼耳詩集》。二〇一五年出版詩集《洗臉水》，於次年獲第七屆「鮎川信夫獎」。另有小說《紅水晶》、《轉身》，散文集《孔雀羽毛的眼在看著》、《祕密的行為》、《空席日誌》，以及童話和繪本等，可謂全方位寫作者。

一如她獨特的筆名讓人產生奇妙的聯想，她的詩作充滿了感官（觸覺、聽覺、味覺……）經驗，揭示許多被隱藏了的生物間的關聯。在〈隨時潮濕的陣地〉，詩人在水邊廢棄的荒屋見證大自然強韌的生命力，即便不見人煙，塵灰蛛網滿佈，山泉依然「活著」，水芹沿溪生長，斑駁的牆面形塑出「聖像」的痕跡，荒屋竟然變成了「一株植物」，詩人彷彿聽到掉落地面的樂譜斷片發出彩色的音符。

乾枯的廢屋「隨時潮濕」，是大自然給予人類的奇異的恩典。在〈鹿之女〉，詩人透過想像，進入鹿身的內在，賦予死亡新的意涵，新的美感。生命的盡頭未必是可怖的死亡，它可能是「水蜜之汗連結於地下」，是另一個「新天地」，藉由這樣的思考，詩人將死亡和生命產生微妙的連結。此詩迷人處在於：說話者既是「女」，也是「鹿」；既是「獵者」，也是「被獵者」。讓人覺得物與我，死與生，實一體之兩面。蜂飼耳於二〇〇九、二〇一〇、二〇一三、二〇一七年四度應邀到花蓮參加「太平洋詩歌節」。

媞妮雅寇絲

（1981-，委內瑞拉）

娜塔莎

我的祕密罪想
是要一個颶風
以我的名命名
我希望
它深具破壞力
以便
許多許多年
那些老紙板男人
會目瞪口呆
不知疲憊地說著
我的殘暴
而當他們

獨
飲其麥芽威士卡時
會記得我
如何搖撼其家園
將他們
所有家當從
浴室窗口拋出

戰爭

在你的纖維褲與我的空氣裙之間的戰爭
在你的蘭姆酒與我的交通號誌之間的戰爭
在你性急的手指與我百科全書式的皮膚之間的戰爭
在你充滿喉音的呻吟與我的沉默之間的戰爭
在你的需求與我的獅頭羊身蛇尾吐火女怪之間的戰爭
在我們兩人之間的
戰爭
沒有火藥　　沒有聯軍沒有附隨的損傷
戰爭　　勝利
為求了解我們自己

譯者說

媞妮雅寇絲

娜塔莎．媞妮雅寇絲（Natasha Tiniacos, 1981-），委內瑞拉女詩人。著有詩集《慢火之女》（*Mujer a fuego lento*, 2006），《等等氏的私史》（*Historiaprivada de un etcetera*, 2011/2015）。作品散見於委內瑞拉與西班牙報刊雜誌。替網站 The Verbatim Project 譯詩，是委內瑞拉當代藝術平台 BACKROOMCaracas 主編。二〇一四年秋天，與陳黎一起受邀參加美國愛荷華大學「國際寫作計畫」，兩個多月中，多次在一起唸詩、談詩，交換對彼此詩作與閱讀西班牙語詩人作品的心得。

娜塔莎．媞妮雅寇絲是相當迷人的女詩人，這樣的自覺充分顯露在以她的名字為名的此處第一首詩〈娜塔莎〉裡，這首詩是對天下男性的「挑情詩」，不但挑逗，而且挑釁，風趣且充滿風暴之劇力。第二首詩〈戰爭〉則透過聚焦於男女兩人間的互動，呈現做為一個女性詩人的「我」所「了解」的男性的相對單純、「性急」與女性的冷靜、豐饒多面（「百科全書式的皮膚」）。

阿美族民歌

（20世紀，台灣）

西貝哼哼

西貝哼哼
去撿特別挺直漂亮的樹木
去撿特別挺直漂亮的樹木
什麼時候才會有人來點火

西貝哼哼
小蝦在我的裙內爬來爬去
小蟹在我的裙內爬來爬去
什麼時候才會有人來掀開我

譯者說

阿美族民歌

這是一首二十世紀下半葉流傳於台灣東部的阿美族民歌。口傳的緣故，各地唱詞不盡相同。陳黎根據許常惠與林道生兩位作曲家分別採得的版本，將之融合、翻寫為以上的詩句。這是二十世紀無名氏的作品，與《詩經》國風裡的民歌或十六世紀韓國無名氏的時調似乎同一作者。《詩經》「召南」〈野有死麕〉一篇裡「有女懷春，吉士誘之」，女的對向她求愛的男子說：輕輕來啊，不要急；不要動我的佩巾，不要惹狗叫出來（「舒而脫脫兮，無感我帨兮，無使尨也吠」）。這首阿美族民歌裡的少女，還在等候愛人出現，掀動她的裙子，幫她抓體內亂動的小蝦、小蟹呢。

後記

陳黎・張芬齡

這本《養蜂人吻了我：世界情詩選》是一本情詩名作集，但我們更希望視它為一本深度、趣味兼具的微型世界詩選，或者世界詩歌小寶庫。選譯、賞析這些詩的我們是譯者，也是讀者。我們想做的就是把古往今來鮮活、動人的詩找出來，用適當的方式重現它們。閱讀、譯註這兩百多首詩是一次極愉悅的經驗，因為這些詩充滿巧思、創意。太陽底下沒有新鮮事，但誠如波蘭女詩人辛波絲卡在她諾貝爾獎得獎辭中所說，詩人自己就是誕生於太陽底下的新鮮事，他所創作的詩也是太陽底下的新鮮事，因為在他之前無人寫過。他所有的讀者也是太陽底下的新鮮事，因為在他之前的人無法閱讀到他的詩。

閱讀到這本書的讀者也許也會感到自己的眼前閃現許多新鮮的陽光。愛情是萬古不變，被談了又談的詩的主題，但奇怪的是沒有人，沒

有任何時代，能將它寫盡。愛與被愛，喜悅，失落，期待，嫉妒，慾望，猜疑，銷魂……這些是不斷出現的愛的面向，但每一個詩人，每一個新鮮的詩人，用自己的方式重說了它們。一個讀者，一個譯者，於是有了「免於新鮮匱乏之恐懼」的生存權。這本《養蜂人吻了我：世界情詩選》共選入八十餘位詩人之作。讀者們或和我們一樣，心喜、驚訝每個詩人，每首詩，以獨特之姿，或拙或巧，或隱或顯，為我們揭示了愛的諸般情貌。

要感謝一九九九年六月，與陳黎在荷蘭「鹿特丹國際詩歌節」相會的詩人們，他們或者慷慨贈予詩集，或者熱情鼓勵、允諾譯介他們的詩作，使這本詩集增色不少。他們許多早已是名重四方的大師。親愛的卡香、米赫歷奇、克勞斯、歐騰、狄妲……謝謝你們。瑞典皇家學院院士馬悅然先生一九九九年來到台灣花蓮，送給我們他自己以及別人英譯的許多瑞典當代名家詩作，並鼓勵我們翻譯它們。我們很想做一本瑞典當代詩選，但格於時間、精力，眼前只能先在這本情詩集

裡呈現馬悅然院士和我們都深愛的兩位瑞典詩人的詩作，做為對馬老及其兩位瑞典詩友的回報。也要對過去多年裡和陳黎在不同詩歌節、工作坊相遇的諸多詩人致敬、致謝。

深諳日文的台灣東華大學中文系鄭清茂教授抽空為我們解答一些閱讀、翻譯日本詩時的疑惑，並慷慨賜贈他所購的日本古典文學指南，讓我們更清楚了解我們所譯的詩人，非常感謝。同時感謝友人謝明勳教授及其夫人——韓國韓神大學張貞海教授，不辭辛勞為我們在韓國搜集、查證有關「時調」的資料，並給予鼓勵，讓我們閱讀、譯詩的經驗得以愉快、自在地伸延進朝鮮半島。

詩也有統一問題嗎？如果有的話，就讓情詩統一這個世界吧。一國多制：一樣情詩，許多面貌。

二〇一八年五月・台灣花蓮

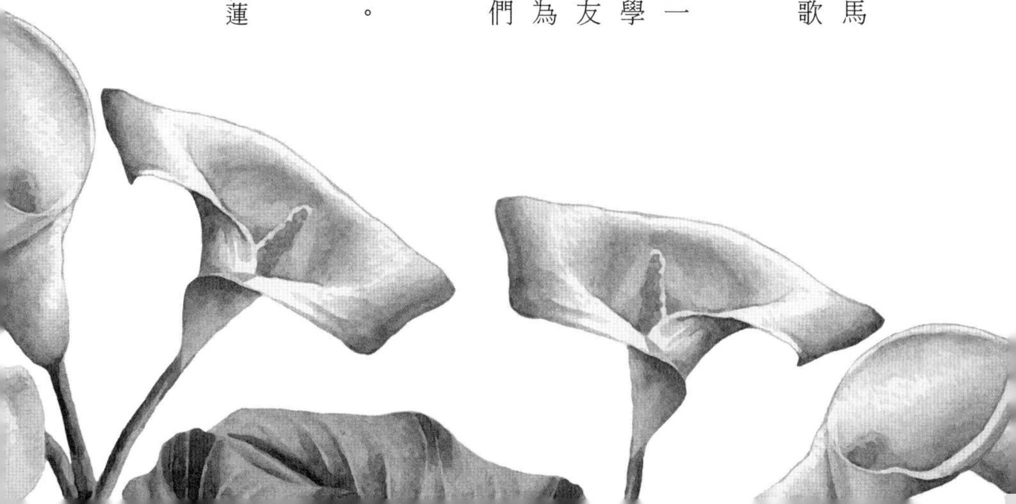

養蜂人吻了我：世界情詩選 / 陳黎，張芬齡譯著．
-- 初版．-- 新北市：臺灣商務，2018.08
面；　公分．

ISBN 978-957-05-3157-2(平裝)

813.1　　　　107011259

Muses

養蜂人吻了我

世界情詩選

譯 著 者一陳黎、張芬齡
發 行 人一王春申
總 編 輯一李進文
編輯指導一林明昌
責任編輯一鄭莛
美術設計一江孟達工作室

業務經理一陳英哲
行銷企劃一葉宜如
出版發行一臺灣商務印書館股份有限公司
23141 新北市新店區民權路 108-3 號 5 樓（同門市地址）
電話◎ (02)8667-3712 傳真◎ (02)8667-3709
讀者服務專線◎ 0800056196
郵撥◎ 0000165-1
E-mail ◎ ecptw@cptw.com.tw
網路書店網址◎ www.cptw.com.tw
Facebook ◎ facebook.com.tw/ecptw
局版北市業字第 993 號
初版一刷：2018 年 8 月
定價：新台幣 480 元
法律顧問一何一芃律師事務所